멘토와 함께 걷는 길

멘토와 함께 걷는 길

· 김종선 지음 ·

보
라
에
게

주
는

편
지

씽크뱅크

별로 훌륭한 스승도 못 되는 내가
한 제자를 만났습니다.
벌써 4년이 되었습니다.
처음엔 그가 지칠 때 쉬어 갈 수 있는
그늘막 같은 스승이 되어주고 싶었습니다.
하지만 언젠가부터 그는 나의 멘티가 되었고,
나는 그의 멘토가 되었습니다.

처음부터 이 글을 쓰려는 의도는 아니었지요.
그냥 그가 힘들어할 때
한 마디씩 던져주던 말들을 모아 두었습니다.
또 앞으로 그에게 주고 싶은 말들을 기록한 것이
이 작은 책으로 꾸며졌네요.

저에겐 몸에 익은 습관이 하나 있습니다.
공부하던 학창 시절부터

지금 누군가에게 부끄러운 본보기로 가르침을 전하는 이 순간
까지
작은 메모장과 볼펜 한 자루를 꼭 몸에 지니고 다닙니다.
요즘은 스마트폰에 메모 저장 기능이 있는데도
아직 저는 메모장과 예쁜 펜 하나를
버리지 못하고 있습니다.

길을 걷다가,
운전을 하다가,
산책을 하다가,
방송을 보고 듣다가,
여행을 하다가,
그리고 강의를 하다가
떠오르는 생각들과 보고 듣는 것들을
기록해 두곤 합니다.
그 습관은 오늘도 계속되어 갑니다.
그 습관의 산물들을
수천 장의 엽서에 기록해 두었다가
다시 돌아보고
또 누군가에게 전하곤 합니다.

그러나 태어난 소질이 여기까지인지라

특별한 이야기도
특별한 주제도 아닌
그저 그런 평범한 이야기들뿐입니다.
어쩌면 길을 걷다가 주울 수 있는
동전 하나 정도의
이야기에 불과할지도 모릅니다.
부끄럽지만 그런 이야기들을
나의 멘티에게 전해주곤 했습니다.

귀가 쫑긋해서 듣곤 하던
나의 멘티 보라의 모습이 떠오릅니다.
…
나는 또다시 수많은 이야기들을
그에게 전해줄 것입니다.
그리고 우리들의 이야기는 또 계속될 것입니다.

그가 이 세상에서
예쁜 꽃을 피울 때까지
이 이야기는 계속되겠죠?

우연히 서점에 들렀다가
이 글을 읽게 되는 분이 있다면…

단 한 분이라도 작은 미소를 짓고 돌아간다면…
내겐 얼마나 큰 기쁨이 될지 가늠이 안 되는군요.

많은 분들께 고맙다는 말씀을 드리고 싶습니다.
그리고 그 이름들은 일일이 거론하지 않으려 합니다.
내가 아는 모든 분들이 내겐 고마운 분들이기에
어느 한 분도 빼놓을 수 없어서
그냥 지나가려 해요.

다만 소중한 한 사람,
늘 아빠의 그늘에서 아빠와 견주어지면서
비교 아닌 비교 속에서 자라온 내 딸에게
미안하고 고맙다는 사랑의 인사를 하고 싶습니다.

산속 서재에서
설화(雪花) 김종선

| 차례 |

• 제2부 •

진한 향은
없어도
나는 꽃입니다

제1부

빛나는 별은 아니어도

빛나는 별은 아니어도!

꼭 그렇게 빛나지 않아도
좋습니다.
더 빛나는 별들은 숱하지만….

아주 캄캄한 밤중에
누군가
하늘을 쳐다보는 사람이 있다면
나를 찾을 수 있을 것입니다.

우리 눈에 보이지 않는 별들이
훨씬 더 많습니다.
그런 별들 중의 하나가
당신과 나입니다.

친구

지금은 가을입니다.

가을이면… 그것도 늦가을쯤이면

친구와 나란히 정동 길을 걷고 싶어집니다.

하지만 올해도 꼭 함께 걷고 싶은 친구들과 함께 하지 못했습니다.

지난 여러 해 동안 늦가을이면 그렇게 정동 길에 가을을 묻었습니다.

아! 제 친구 한 사람을 소개할까 해요.

용기라는 이름을 가진 정말 용기 있는 친구죠.

지금은 지방에 살고 있습니다.

세월이 흘러서 그와의 많은 이야기들이 묻혀 버렸습니다.

그래서 내 누님에게 그 친구에 대한 일화를 물어 봤습니다.

그랬더니 이런 이야길 하시더군요.

"보라색 양복이 잘 어울렸다…

또 집에 올 땐 꼭 검정 비닐봉지에 베지밀 두 병을 사가지고 와서 부모님께 드렸었다…."

그가 왜 보라색 양복을 입었었는지,

정말 잘 어울렸는지,

우유도 있고, 요구르트도 있고, 다른 유제품도 많은데

왜 하필 베지밀이었는지를 물어 봐야겠습니다.

작년 어느 날… 그에게 전화가 왔습니다.

강의 중이라 전화를 받을 수 없었습니다.

강의가 끝난 후 그에게 전화를 했습니다.

많이 들었던 음악이 발신 신호음으로 흘러나왔습니다.

신호음악이 멈추고 연결되었을 때 내가 말했습니다.

"어? 이 음악은 뭐야?"

그러자 그가 말했습니다.

"그려… 니가 알려줬던 그 노래여…."

그랬구나.

그걸 아직까지 기억하고 있구나.

제1부
*
빛나는 별은 아니어도

이젠 그와의 추억을 80세가 지났을 때 이야기할 수 있도록
다시 만들어 갈 것입니다.
내년 가을엔 지방에 사는 친구 박용기를 불러
어울리진 않겠지만 같이 정동 길을 걸어볼까 합니다.
그리고 내 옆에 앉아서 함께 공부한 '짝꿍'들 중 한 사람과도
함께 걸을 수 있었으면 좋겠습니다.
지금 내 옆에 서 있는 그 사람들이
인생의 늦가을까지 함께 정동 길을 걸을 수 있기를
기도해 봅니다.

많은 친구들이 있을 것입니다.
그런데 옛 선인들과 지혜로운 분들과 인생의 고수들께서는
친구에 대한 격언을 많이 남기셨습니다.
나도 친구에 대한 작은 규칙을 흉내 내어서 만들었습니다.
소개해 볼게요.

"사람에겐 네 종류의 친구가 있어야 한다."

첫 번째 친구는…
내가 어떤 말을 해도 아무런 대꾸 없이 들어주기만 하는 친구입
니다.

이 친구는 나의 수치스럽고 황당한 이야기들을 듣고도
한 번도 누군가에게 전하거나 어떤 코멘트를 한 적이 없습니다.

두 번째 친구는…
내가 어떤 일, 무슨 말을 해도 내 편을 들어주는 친구입니다.
모든 사람들이 다 아니라고 해서 내 어깨에 힘이 빠질 때
이 친구는 항상 힘을 북돋아 준답니다.

세 번째 친구는…
항상 내 말에 부정을 하는 친구입니다.
인정하긴 싫지만 이 친구도 참 좋은 친구입니다.
내가 교만해지고, 너무 빨리 달릴 때에
이 친구는 나의 제동장치가 되어주기 때문입니다.

네 번째 친구는…
어떤 기준도 없고, 내 이야기엔 관심이 없습니다.
내 이야길 들어줄 틈을 내지 않을 만큼 수다스러운 친구입니다.
가끔은 귀찮을 때도 있는 친구이지만,
내가 마음의 감기에 걸려 있을 때
나의 고통을 잊게 해주는 친구입니다.
편안할 땐 귀찮아도
내가 의기소침해서 나를 닫고 있을 땐 최고의 친구입니다.

생각해 보세요.

이런 종류의 친구들이 당신 곁에 있나요?

이 가을에 누구와 함께 정동 길을 걷고 싶으신가요?

용기야, 내년 정동 길 어때?

참 안 어울리는 그림이겠지?

그래도 한번 해보고 싶구나.

보라야!

"사람들은 같은 색깔의 사람을 친구라 생각한단다.

하지만 친구란

나와 다름을 통해서 나의 부족함을 채워주는 존재란다.

나와 다르다는 것!

그것은 곧 나의 부족함의 거울이 아닐까?"

이상한
위로

얼마 전, 손목 수술을 받기 위해 병원에 입원했었습니다.
며칠만이라도 사람을 만나지 않고 지내고 싶었습니다.

그런데 한 남자가 병문안을 왔습니다.
그는 병실에 들어오자마자
그의 특징인 작은 눈으로 미소 지으며 눈인사를 보낸 후
보호자 의자에 앉았습니다.
그리고 침대 앞에 있는 텔레비전을 보기 시작했습니다.
어림잡아 30분은 족히 흘렀을 것입니다.
나도 그가 보는 내내 텔레비전을 보았습니다.

제1부
•
빛나는 별은 아니어도

그리고 그는 작별인사를 하고 떠났습니다.

내가 묻는 질문에 간단히 대답한 것 외엔
텔레비전만 보다 간 것이 병문안의 전부였습니다.
그러나 그가 돌아간 후
내 마음에 평안이 찾아왔고
나는 따뜻한 위로를 받았음을 깨달았습니다.

진정한 위로가 무엇일까요?
고통 중에 있는 사람에게 찾아와서 많은 말이나 사건 분석이나,
왜 병이 생긴 건지, 어떻게 하면 병을 고칠 수 있는지,
어떻게 살아가야 잘 살 수 있는가를 가르치는 사람들이 많습니
다.
그것은 마음이 아픈 사람들에겐 도움이 되질 않습니다.
그냥 말없이 앉아 있어주는 것보다 못한 위로들 같습니다.

보라야!
"보라는 어땠어?
지난 한 주일 동안 얼마나 많은 사람들에게 위로를 주었는지 생각해
봐.
그리고 그 사람들에게 어떤 위로인지 생각해 봐.

혹시 선생님은 아니었는지,

비평가는 아니었는지,

냉철한 판단자는 아니었는지….

진정한 위로가 필요한 시대야.

아파하는 사람이

자기 옆에 아무도 없다고 느낄 때,

아무 말 없이 옆에 한참을 앉아 있어주는

이상한 위로자가 되어봐.

나는 내가 받은 그 이상한 위로로

그날 밤, 내일 맞을 복잡한 일들을 이겨낼 수 있었어.

이 시대는 말보다

함께 체온을 나누는

말 없는 위로가 더 필요한 것 같아.

내일 누군가 널 필요로 할 때, 꼭 이 말을 기억해 주었으면 좋겠어."

길을 잃은
당신에게…

요즘은 내비게이션이나 스마트폰이 정말 '영리해서'
가고 싶은 모든 곳에 우리를 데려다 놓습니다.
그러나 내가 자동차를 처음 운전할 당시만 해도
모르는 곳을 찾아가는 데는
지도와 이정표, 운전자의 감각과 경험이 제일 중요한 요소였습
니다.
또한 나는 호기심이 많아서
샛길이 나타날라치면 그 길로 들어가고 싶은 유혹에 빠지곤 했
습니다.

나는 요즘 내 주변에서
좋은 관광지나 한적한 여행지를 추천해 달라는 요청을 많이 받습니다.
왜일까요?
내가 그만큼 샛길로 많이 빠져 보았기 때문입니다.

간단히 말씀드리면 이렇습니다.
내가 요즘 지인들에게 소개해 주는 대부분의 장소는
목적지로 가다가 '옆길로 샜던' 결과물입니다.
그리고 모르는 길을 찾아가다가 길을 잃어서 알게 된 곳들이랍니다.

길을 잃은 곳에서 의외의 소득이 생기는 것이 인생인 것 같습니다.
그러니 길을 잃었다고 두려워 마세요.
또 가끔은 샛길로 들어가 보세요.
거기서 당신은 인생의 큰 기쁨을 만나게 될지도 모릅니다.

보라야!
"어떤 땐 네가 완벽하게 계획하고 생각한 것들이
실패로 다가올 때가 있지?

제1부
•
빛나는 별은 아니어도

또 어떨 땐 네가 준비도 부족하고 철저히 계획하지 않았는데도

성공으로 다가올 때가 있지?

그래. 그게 인생이야.

가끔은 목표가 바뀌고 원래의 의도를 잃고 방황할 때

뜻하지 않은 선물을 받게 될 경우도 있단다.

그러니까 길을 잃었다고 좌절하지 마!

그곳에서 의외의 선물을 받을 수도 있으니까."

첫눈이
왔어요!

나만 그런가요?

첫눈은 왜 꼭 잠든 새벽에 내릴까요?

이 '아픔'은 나만 겪는 건가요?

아주 높은 산에 내리는 첫눈이나 흩날리는 정도의 첫눈을 제외하곤

이상하게도 잠든 새벽에 잠시 내리곤 사라져 버립니다.

첫사랑도 그런 것 같습니다.

잠시 앓고 지나가는 홍역처럼 그 설렘이 지나간 후에야

제1부
•
빛나는 별은 아니어도

그것이 첫사랑이었음을 깨닫게 됩니다.

첫사랑도…
첫눈도…
그땐 알지 못할 수도 있고,
아쉽게 스치고 지나가는 아픔 같습니다.

하지만 '첫눈' '첫사랑'이란 말에는
처음이라는 말이 들어 있어서 소중한 것 같습니다.
두 번째 것이 있고,
두 번째 것이 온다는 약속이겠죠?
첫눈이 온 뒤에야 비로소 온 세상을 뒤덮는 함박눈이 내리고,
첫사랑이 지나가야 성숙하고 무르익은 사랑이 비로소 다가옵니
다.
당신의 모든 처음은 다음 것이 온다는 약속입니다.

아쉬워할 것 없어요.
살며시 찾아왔다가 사라져 버린 모든 것들을….

보라야!
"첫 실패!

너무 아파하지 마!

처음에 맞이했던 실패는 교훈과 경험 이상으로는 간직하지 마!

두 번째 찾아오는 귀한 선물이 있다는 보증서와 같은 거니까!

내가 이 세상에 태어나서 맞이했던 모든 겨울엔

첫눈으로 끝난 적이 없었으니까!

영화에서 보던 함박눈처럼 쌓이는 그 아름다운 눈밭은

첫눈 다음에 온단다.

사랑도 눈도 그리고 인생도

처음 것은 우리의 것이 아니기에 소중한 것이겠지?"

제1부
•
빛나는 별은 아니어도

나는 마음으로
판단합니다

마음의 위치가 어디쯤일까요?

어릴 때부터 궁금했습니다.

'마음이 아프다.'

'가슴이 아프다.'

이런 말을 들을라치면 마음의 위치가 어딜까를 생각했었습니다.

사실 마음의 위치는 과학적으론 두뇌에 있는 것임을 우리는 다

압니다.

그런데 머리가 아프다는 말과 가슴이 아프다는 말은 전혀 다른 것입니다.

아! 지금 하고 싶은 이야기가

가슴과 마음이 왜 아픈가를 말하고자 하는 것이 아닙니다.

내가 모든 것을 결정하는 방법에 대해서 말씀드리고 싶은 것입니다.

나는 가슴에 남거나, 가슴이 아프면 반드시 그 일을 행하고 맙니다.

어떤 반대와 어떤 현실적 어려움에도

가슴이 아프거나 가슴에 맺히면 꼭 하고 마는 습관이 있습니다.

그러니까 저는 가슴이 내 인생의 내비게이션인 셈입니다.

많은 사람들이 머리로 판단하고 머리로 결정합니다.

물론 그게 참 올바른 방법입니다.

하지만 머리와 이성은 가슴의 부름을 외면하기가 쉽습니다.

가슴은 뛰는데 머리는 'No'라고 말합니다.

이런 일들이 올바른 방법이긴 합니다.

하지만 가슴이 뛰는 일은

내가 하고 싶은 일이라는 뜻입니다.

머리는 그 일에 대해 현실을 기준삼아 판단을 내리지요.

제1부
•
빛나는 별은 아니어도

첫사랑을 머리로 할까요, 가슴으로 할까요?

당연히 가슴으로 합니다.

누군가를 좋아하고 사랑한다는 것이 머리로 하는 걸까요, 가슴으로 하는 걸까요?

당연히 가슴과 마음입니다.

그래서 첫사랑은 가슴에 묻었기에 잊혀지지 않을 수밖에요.

내가 누군가를 좋아한다는 것,

누군가를 사랑한다는 것…

어떻게 확인할까요?

가슴이 뛰면 이미 그것은 좋아하는 것이고, 또 사랑에 빠진 것입니다.

이런 일들은 인생에서도 마찬가지입니다.

특히 주어진 인생길이 아직 많이 남아 있는 젊은이들이라면

나는 이런 조언을 드리고 싶습니다.

나이가 들면 가슴 뛰는 일들이 드물어져 갑니다.

그래서 지금 당신의 가슴을 뛰게 하는 일이 있다면

그것을 지금 해야 합니다.

머리로 판단한 일을 행한 후엔 후회가 남지만,

가슴으로 판단하고 행한 일엔 아쉬움이 남질 않습니다.

그것 아세요?
가슴속에 새겨둔, 짝사랑했던 그 사람에게
좋아한다고 그리고 사랑한다고 말했더라면
지금 당신의 인생은 참 많이 달라졌을 것입니다.
그때 그 두근거리는 마음을 사랑고백으로 가지 못하게 했던 주범이
머리라는 이성의 그릇입니다.
왜 그랬어요?
바보같이?
물론 저도 그랬습니다.
가슴 뛰는 걸 머리가 못 하게 말렸던 것입니다.
그래서 지금 당신은 사랑한다 말하지 못한 그때를
잘 했다 생각하시나요? 후회하시죠?

이젠 가슴이 뛰는 일이라면 꼭 하셔야 합니다.
물론, 조심해야 합니다.
잘못된 일에 가슴이 뛰면 그건 이성으로 눌러야겠지요?

보라야!

"나는 네가 가슴 뛰는 일을 하게 되어서 참 기쁘단다.

그리고 그 가슴 뛰는 일이 사라지지 않길 기도한단다.

사람은 심장이 멈추면 죽음을 진단받듯

보라가 하는 일에 가슴이 뛰질 않는다면

그 일은 죽은 것과 같은 것이지.

어떻게 하면 가슴이 뛰는 걸 멈추지 않게 할까?

어려운 질문이지?

내가 생각하는 게 도움이 될지 모르지만 일단 말해 줄게.

나는 내가 하는 일이

신이 나를 이 세상에 보낼 때에 나에게 맡긴 심부름이라고

생각하며 한단다.

그걸 사명이라고 해.

사명이라는 한자어는

심부름을 뜻하는 '사' 라는 글자에

목숨을 뜻하는 '명' 이라는 글자를 사용한단다.

使命! 사명이지.

사명이란 목숨 걸고 심부름을 하는 존재가 일하는 것을 말하지.

예전보다 가슴이 덜 뛴다고 느껴진다면

이 사명이라는 말을 생각해 주길!

오늘도 너의 가슴이 넘치게 뛰길 나는 소망한단다."

빚과
짐

요즘 젊은이들을 보면 참으로 안타깝습니다.

한 시대 위의 선배들보다 더 많은 공부를 하고 더 많은 경쟁을
거쳐서

대학과 사회에 진출합니다.

그러나 그들이 사회에 진출할 때엔

학자금 대출과 온갖 복잡한 경제적 어려움으로 인해서

빚을 지고 출발하는 경우가 많이 있습니다.

젊은이들뿐 아니라

중년층과 장년층들도 과도한 책임으로 인해서

하지 말아야 할 선택을 하기도 합니다.
이 모든 일들이 개인의 어깨에 짊어진
책임이라는 짐이라고 생각합니다.
저 또한 그 책임감이 너무 커서
벗어버리고 싶은 생각이 들 때도 많습니다.

누구나 어깨에 무거운 바위 같은 짐 하나
짊어지지 않은 사람은 없습니다.
다만 어떤 사람은 좀 더 무거운 짐을 지고 가고,
어떤 사람은 좀 가벼운 짐을 지고 갈 뿐 누구나 다 같습니다.
그래서 인생은 짐을 지고 산에 오르는 힘겨운 싸움이기도 하지요.
그래요.
이 무거운 짐을 어떻게 가벼이 할까요?
벗어버릴 수만 있다면 얼마나 좋을까요?
인생이란 끝까지 짐을 지고 가는 것이기에
그 짐을 벗어버릴 수는 없습니다.

그런데 이 과도한 책임감과 지나친 의무감 그리고 그 무거운 짐은
사실 긍정적인 역할을 하기도 합니다.
학생에겐 시험이라는 그 지긋지긋한 짐이 있습니다.

학위를 위해 공부하는 사람들은 학위라는 목표 뒤에서
그것을 바라보는 사람들의 기대가 무척이나 무겁습니다.
그러나 그런 무거운 짐들이
사실은 우리를 움직이게 하는 에너지이기도 합니다.

사람들은 요즘 스트레스라는 말을 너무 흔하게 사용합니다.
물론 현대인과 스트레스는 밀접하게 붙어 있긴 합니다.
그렇지만 그 스트레스가 우리를 일하게 하고 움직이게 하고 도
전하게 하며,
주저앉고 포기하고 쉬고 싶을 때도
움직일 수밖에 없도록 만드는 힘이 되는 것입니다.

빚! 빚은 참 듣기 싫은 말입니다.
하지만 이 빚이 많은 사람은 그 무거운 빚을 갚기 위해서
다른 사람들보다 더 움직이고 더 일할 수밖에 없는
이상한 에너지가 되기도 하지요.

어쨌든 이 짐이라는 것, 책임감이라는 것은
힘들고 고달파서 벗어버리고 싶은 것이지만
우리를 움직이게 하는 동력이라는 것도 알았으면 해요.

언젠가 훗날 그 짐을 훌훌 벗어버리고,

스트레스가 다 사라지고,

책임감이 다 사라졌을 때

우리는 지금 그 짐을 지고 걸어갈 때와 전혀 다른 모습일 것입니다.

다시 말하면

일할 동기 부여가 전혀 되질 않는다는 것입니다.

아무리 노력을 하려 해도 노력을 할 수 없게 됩니다.

왜냐하면…

그렇게 열심히 일할 이유가 사라졌기 때문입니다.

학창 시절 어땠나요?

이번 시험만 끝나면 정말 열심히 미리미리 공부하고

'벼락치기' 시험 준비는 안 할 것이라고 맹세했었죠?

그러나 시험만 끝나면 시험 기간의 그 노력이 일어나던가요?

아니었죠?

이유는 짐이 사라져서 그래요.

이왕 짐을 지고 갈 거라면,

이왕 짊어질 짐이요 책임이라면,

오히려 그 짐을

나를 움직이는 에너지로 한 번 전환해 보세요.

어쩔 수 없잖아요?

누가 대신 짊어질 부분이 아니니까요.

보라야!

"지금 보라의 머릿속에는 수많은 생각들로 가득 차 있지?

그리고 보라의 작은 어깨에는 과도한 짐들이 잔뜩 올라와 있지.

그것을 벗어버리고 훨훨 날아오르고 싶지?

하지만 기억해.

그 무거운 짐은

벗어버리는 순간 너를 날아오르게 하는 것이 아니라, 주저앉게 만드는

이상한 '마법의 짐'이라는 걸!

이왕 걸어갈 길이라면

그 짐을 기쁨으로 지고 갈 용기를 달라고

기도하는 게 좋을 것 같아!

그 짐 때문에

더 멀리

더 높이

올라갈 수 있을 거야."

왜 이렇게
멀지?

부산엘 처음으로 운전해서 갈 때였습니다.

가도 가도 부산은 왜 이리 멀기만 한지 끝이 없었습니다.

우리나라가 작은 줄로만 알았었는데

그때는 우리나라가 결코 작은 나라가 아니라는 생각이 들었습

니다.

일정을 마치고 돌아올 때

나는 벌써 대구를 지났고

휴식을 취하기 위해 들렀던 휴게소는

충청남도 금강 휴게소였습니다.

갈 땐 그렇게 멀었던 길이 왜 이렇게 짧은지…
알고 가는 길은 짧게 느껴진다는 삶의 진리를 깨달았습니다.

학생들이나 청년들이나 나이 지긋한 어른들에게서
자주 듣는 말이 있습니다.
"이 힘든 상황이 언제나 끝이 날까요?"
우리나라의 상황이 좋지 않을수록 이런 말은 더욱 자주 듣게 됩니다.
아무 말 없이 끝까지 들어주다가 내가 하는 말은 이것입니다.

"끝이 없는 길은 없습니다.
길은 꼭 마지막이 있습니다.
조금만 더 참아보세요."

끝이 없는 길은 없습니다.
인생에서 처음으로 힘든 시기를 지날 때는
이 힘든 길이 끝없이 길게 이어질 것만 같은 두려움도 생깁니다.
그러나 그 힘든 과정이 끝난 후에는 두 가지 깨달음을 얻습니다.

한 가지는
어떤 괴로움도 끝이 있다는 것입니다.
그리고 나머지 한 가지는

제1부
•
빛나는 별은 아니어도

이제 앞으로 다가올 고통과 괴로움의 시기를 겪을
예방주사를 접종했다는 깨달음이지요.

대양을 건너는 배들이 순풍만 만나는 것이 아니듯
사람도 인생이라는 항해에서는
순풍만 만나는 것이 아닙니다.
수많은 위기를 만나게 됩니다.
예전엔 어른들의 '레퍼토리'처럼 들었지만
이제 와서 돌아보면 그 말씀이 정말 옳았습니다.
몇 번의 위기를 겪고 그 위기를 타고 넘은 후에야
비로소 황혼을 바라보는
넉넉한 백발의 멋쟁이가 된다는 것을 말입니다.

인생에서 처음 만나는 그 고난의 과정이
결코 헛된 것이 아닙니다.
인생의 두 번째 고난을 만났을 때는
그리 어렵지 않게 그리고 길지 않게 느끼며
통과할 수 있다는 것입니다.
왜냐하면 한 번 건넌 바다요,
한 번 지나온 길이기 때문입니다.

지금 고통과 괴로움의 시기를 지나고 있다면

꼭 기억했으면 합니다.

끝없는 길은 없으며

한 번 지나온 길을 다시 갈 때는

쉽게 돌아올 수 있다는 것을 말입니다.

보라야!

"이제 겨울이네?

같은 추위도 고통의 시기에 찾아오면 더 춥게 느껴졌었지?

이번 겨울은 따뜻한 겨울이 되길 바래.

몇 년 전에 참 힘들었었지?

그때를 생각하면

오늘의 어려움들이 쉽게 느껴진다고 네가 말했었지?

그래. 그렇게 힘든 고통의 시기는 잘 간직할 필요가 있어.

의미 없는 고통은 없으니까.

그 고통이 오늘을 이기는 훈련 기간이었으니까.

한 번 지나온 그 길에 다시 설지라도

이제는 아주 쉽게 느껴질 거야.

나의 마음은 네가 쉬운 길을 가길 원해.

하지만 어려운 길을 만나더라도

넉넉히 헤쳐 나갈 그런 준비도 했으면 좋겠어.

고통의 길을 당당히 걸어가는 그 연습을 말이야."

제1부
•
빛나는 별은 아니어도

오늘도
　　　그리운 날로
다시 찾아올 것입니다

돌아봅니다.
짧지도 길지도 않았던 나의 인생을 말입니다.
내가 살아온 길인데도
기억하는 것들보다는 잊어버린 망각의 것들이
뜻밖에 더 많습니다.

제가 한 가지 부탁을 드릴게요.
"당신의 10살 때에 어떤 일들이 있었는지
A4 용지 넉 장에 기록해 보세요."

이 질문에 그리 많은 글자를 채우지 못할 사람들이 더 많습니다.

그런데도 우리는 지난날을 그리워하고
지난 어린 시절과 청소년 시절을 마냥 그리워합니다.
왜 그럴까요?
그때를 잘 기억하지 못하면서도
우린 왜 지난 시절을 그렇게 놓지 못하는 걸까요?

뭐라 정의를 내릴 순 없지만 난 이렇게 생각합니다.
사람은 순간순간은 괴롭고 고통스럽지만
전체는 늘 아름답게 기억하는 것 같습니다.
그래서 연세가 아주 많은 어르신들은
전쟁 시절이나 보릿고개 시절이나
연탄아궁이에서 밥 짓던 시절이나
그 시절의 추억이 다 그립다고 하는 것 같습니다.

순간은 고통스러워도
훗날 내 인생을 돌아볼 때에
오늘도 그리운 날이 될 것입니다.
오늘 많이 힘들어도
훗날 전체를 뒤돌아볼 때가 온다면
오늘도 참 좋은, 돌아가고 싶은 날이 될 것입니다.

제1부
•
빛나는 별은 아니어도

가끔은 작은 것들과 순간적인 것들을 보질 말고
전체를 보도록 해보세요.
훨씬 아름다운 것들이 우리 주변에 많을 겁니다.

2030년쯤 내 인생은 오늘을 돌아보며
참 좋았던 시절로 기억할 것입니다.
하지만 오늘 우린 많이 힘듭니다.
언젠가 지금을 돌아볼 그날을 기대하며
오늘을 견디어 내야겠죠?

보라야!
"누구에게나 오늘은 힘든 날이란다.
하지만 오늘을 보내고 난 후에
오늘을 한 장의 그림처럼 들여다본다면
참 아름답고 예쁜 날들이라고 기억될 거야!
가끔 너무 힘들다 느껴진다면
전체를 바라보는 여유를 가져봐!
지난 시절은 모든 게 좋아서 그리운 게 아니라
정말 힘들었던 순간들을 망각해 버렸기 때문에 그리운 거란다.
아마도 오늘 힘든 이 순간도

돌아가고 싶은 추억으로 변화하는 때가
찾아올 거야.
세월이 더 흘러서 보라의 머리가 은발이 되고
하늘의 부름이 가까운 시기가 되었을 때
모든 순간들이 참 아름다웠다는 고백을 할 수 있길
나는 간절히 바라고 또 바란단다.
힘이 들 땐 전체를 봐!"

사실은
다 비슷한 거야…

놀이동산엘 가면
많은 사람들이 줄지어 서 있는 곳은 어김없이 '함성' 아닌 '비명'
이 들려오는 곳입니다.
바로 놀이기구 앞이죠.

왜 사람들은 저렇게 무서운 걸 돈 내고 타려 하는 걸까
요?
왜 저런 두려움을 돈 내고 느끼고 싶은 걸까요?

사실은 두려움과 즐거움은 약간의 차이가 있을 뿐 다 비슷한 것

같아요.

세계적인 거부들은 제외하더라도 우리나라 재계의 거물들을 한 번 생각해 보세요.
나라면 더 이상 그 골칫거리 그룹을 경영하지 않을 것 같습니다.
그룹 처분하고 그 돈으로 나머지 인생을 편하게 쉬면서 살 것 같습니다.
당신의 경우는 어떨까요?

그들은 금리 변동, 유가 상승, 주가, 세계경제 동향, 정치적 급변 등의 수많은 위기를 맞이하면서도 자신들의 일을 내려놓지 않습니다.
하늘로 돌아가는 순간까지 그 일을 포기하지 않습니다.
왜 그럴까요?

물론 그분들을 일일이 만나서 물어보진 못했습니다.
하지만 한 가지…
놀이동산에서 돈을 써가며 공포를 즐기는 사람들과
수많은 고비를 넘기며 회사를 이끄는 기업인들의 마음은 똑같은 것 같습니다.

제1부
•
빛나는 별은 아니어도

즉, 두려움과 즐거움은 사실 같이 붙어사는 공생관계인 것 같아요.

두려움 없는 큰 기쁨이 없고, 큰 기쁨의 뒤에는 반드시 두려움이라는 큰 산이 존재하는 것입니다.

두려움이라는 산을 넘고 나면 기쁨과 즐거움이 꼭 있거든요.

스포츠도 사업도 시험도 그리고 가정도

두려움과 즐거움이 공존할 때에 가장 큰 기쁨이 주어지는 것 같습니다.

보라야!

"지나간 5년의 시간을 돌아봐!

언제가 가장 기억이 나니?

아마 큰 위기를 넘기고 난 그 다음이 가장 기억에 남을 거라 생각해.

그래.

앞으로 또 위기는 다가올 거고, 시시때때로 두려움에 휩싸일 거야.

하지만 명심해!

두려움 뒤엔 큰 기쁨이 꼭 함께 공존하고 있다는 사실을….

조금만 더 용기를 내!"

기다림보다
      더 소중한 것!

힘들 때마다 사람들이 저마다
서로에게 던지는 말이 있습니다.

"참고 기다려! 좋은 날이 올 거야."

나도 누군가에게 참 많이 하고, 또 많이 듣는 말입니다.
그런데 우리는 소중한 사람에게 그 이상의 말을 주어야 한다는
사실을
감추고 있습니다.

제1부
•
빛나는 별은 아니어도

길을 잃은 사람은 늘 그 자리를 뱅뱅 도는 법입니다.

또한 열심히 사는 사람들도

가끔은 앞으로 나아가는 것이 아니라 제자리를 '뱅뱅 도는'

더듬이 없는 곤충 같을 때가 있습니다.

열심이라는 이름으로 위로받으며 제자리에서 허우적대는 그 사람이

당신에게 참으로 소중한 사람이라면

당신은 어떤 말을 해주어야 할까요?

이 질문에 대한 답을 오늘 나의 멘티에게 주고 싶습니다.

보라야!

"언젠가 네가 기다릴 가치가 없는 일 앞에,

아니, 기다려서는 안 될 일 앞에 서 있을 때도 생길 거야.

그때는 무작정 열심을 내기보다는 먼저

네가 이 일에 계속 매달려야 하는지,

또는 이 일이 기다릴 가치가 있는지를

며칠 밤을 새워서라도 판단을 해야 해.

그 능력을 지금 길러야 해.

막상 물에 빠진 후에는 수영을 배울 수 없기 때문이지.

그리고 나는 너의 멘토이기에 꼭 이 말은 전하고 싶구나.

기다리는 인내의 마음과 오늘의 아픔을 견디는 오래 참음보다

돌아설 수 있는 용기도 길러야 한다는 사실을 말이야.

보라야!

너는 기다리는 인내는 참 칭찬해 줄 만해!

이제 보라가 길러야 할 것은 돌아설 수 있는 용기란다.

용기는 다름 아닌 아프고 아쉬워도 포기할 수 있는 마음이란다.

돌아서고 내려놓지 못하는 사람은

다시 출발하는 기회와 기쁨을 얻질 못한단다.

이 세상에 사는 많은 사람들의 눈물은

포기할 용기가 없어서 걸어갔던 그 길의 끝에서 흘리는 눈물이란다."

제1부
·
빛나는 별은 아니어도

조급함

자판기 커피를 마셔본 지가 언제인지 모르겠습니다.

상당한 시간이 흘렀다는 뜻입니다.

예전엔 커피자판기를 보면

반드시 한 잔 마셔야 될 것 같은 '강박증'을 가지고 있었어요.

아마 대학 1학년 때부터 몸에 밴 습관 때문일지도 모르겠습니다.

그때 나는 커피자판기 앞에 설 때마다

내 자신의 새삼스러운 면모를 발견하곤 했습니다.

동전을 넣고 커피를 기다리는 시간이 왜 그토록 길게 느껴지는지…

나는 '아직도 내용물이 흘러나오는 종이 컵'에 손을 대고
커피를 기다리고 있었습니다.
그러고는 그 커피를 마시면서 혼자 웃곤 했습니다.
"자판기 종이컵에 손을 대고 있다고 커피가 더 빨리 나오
는 건 아니잖아?"

나만 조급한 걸까?
다른 사람들은 어떨까?
나는 관찰을 하기 시작했습니다.

나는 위로를 받았습니다.
상당수의 사람들이 종이컵에 손을 대고 자판기 커피를 기다리
고 있었습니다.
그래요! 우리 한국인들은 성미가 정말 급한 것 같습니다.
아니, 너무 광범위하게 대상을 정하는 오류를 범했군요.
내가 자판기 앞에서 보았던 사람들 중 많은 수가
조급함에 빠져 있음을 알았습니다.

정말 서두르면 일이 빨리 진행될까요?
나의 멘티 보라는 어떤지 묻고 싶군!

제1부
•
빛나는 별은 아니어도

보라야!

"세상의 모든 일들은

나름대로의 속도와 자신만의 시간을 가지고 있단다.

어떤 것은 기다리다 보면 저절로 다가오기도 하고,

또 어떤 것은 빨리 달려가서 쟁취해야 하기도 한단다.

그러나 세상의 많은 일들이

때가 차야 내게 다가오는 것들이란다.

지금 네가 서두르고 조급해한다 해서

네게 더 빨리 오지 않는 것들이 훨씬 많이 존재한단다.

종이컵에 손을 대고 기다린다고

커피를 더 빨리 마실 수 없듯 말이야.

종이컵에서 손을 떼고 잠시만 기다려 봐!

기다리는 기쁨이 얼마나 큰지를 알게 될 거야!"

꿈

산속에 포근히 안겨 있는 듯한 집으로 이사를 했습니다.
가끔은 하늘을 보며 산다고 자부했는데…
달을 본 지가 오래되었나 봅니다.
테라스에 서서 하늘을 바라보았습니다.
달이 서 있었습니다.
며칠 후 또 하늘을 바라보았습니다.
그런데 그 날은 달의 모양이 바뀌어 있었습니다.

달을 보며 꿈이 떠올랐습니다.
달처럼 내 꿈도 그렇게 변해왔다는 생각이 떠올랐습니다.

제1부
•
빛나는 별은 아니어도

달이 변하듯 꿈도 변하는 것 같아요.
아니, 그렇게 변하는 것이 꿈인 것 같습니다.

단 한 사람에게만 주어지는 대통령을 꿈꾸었던 많은 사람들이
지금은 은퇴한 할아버지로,
어느 회사의 간부가 되어서,
엄마가 되고 아빠가 되어서 살고 있습니다.

나도 그랬습니다.
내 꿈은 깨진 줄 알았습니다.
하지만 정작 꿈은 깨지는 건 아닌 것 같아요.
꿈은 변하는 것이라 해야 옳지 않을까요?

그래요.
대통령을 꿈꾸었던 한 소년은 참 행복했었습니다.
그 꿈을 꾸는 동안은 내가 대통령이었습니다.
못 이룬 꿈에 대한 아쉬움보단
꿈을 꾸었던 그 순간의 행복이
오늘 나를 미소 짓게 하고 덜 후회하게 합니다.

이젠 꿈에 대한 생각을 바꾸어야 하겠습니다.
변하는 것이 꿈이라고 말이에요.

보라야!

"꿈은 변하는 거야!

그러나 꿈은 꼭 꾸어야 해.

변하고 바뀌어도 꿈은 꾸어야 해.

그래야 거친 세상에서 혼자 웃을 수 있어."

제1부
•
빛나는 별은 아니어도

왜 나에게
필요한 말은
듣기 싫을까?

고등학교 다닐 때에 가장 듣기 싫은 말이 있었습니다.
"너, 그렇게 공부해 가지고 일류대학 들어가겠어?"
"그렇게 공부 안 하다가 나중에 뭐가 되려고 그러니?"
요즘은 아니겠지만
조금 시대를 거슬러 올라간 그 당시를 살았던 분들은
다들 귀에 못이 박히게 들었던 말일 것입니다.
누구에게요?
부모님과 선생님에게요.

그런데 그 소리가 너무나 싫었습니다.

공부 이야기나 부모님의 잔소리 자체가 참 싫었습니다.

"공부해라,

정직해라,

인사 잘해라,

열심히 해라,

부지런해라,

바르게 살아라…."

이런 소리를 대부분 흘려들었습니다.

그때 우린 그랬습니다.

이제 와서 돌아봅니다.

그것들이 지금 내 인생에서 가장 중요한 것들이라는 것을.

왜 그 소리가 듣기 싫었고, 귀담아 듣지 않았을까요?

사람에게는

가장 중요한 본질에 관한 소리는 거부하고 싶고, 듣지 않으려 하는 습성이 있기 때문입니다.

진정 본질적인 교훈과 충고는 내 귀에서 이상하게 충돌을 합니다.

그런 습관이 오늘 이 나이가 되어서도 나에겐 있습니다.

나에게 지극히 필요하고 본질적인 이야기들은 듣기가 참 힘듭니다.

그래서 나는 이렇게 말하고 싶습니다.
내 귀에 거슬리고 듣기 싫은 소리는 꼭 귀담아 들어야 한다고
말입니다.
내 귀에 충돌되는 소리는
어쩌면 나에게 가장 필요한 본질적인 핵심일지도 모르니까요.
어린 시절 부모님들의 잔소리가 싫었던 이유는
나에게 가장 필요한 본질적인 부분을 건드렸기 때문입니다.
신경을 건드리면 사뭇 아픈 것처럼
본질적인 것을 건드리면 사뭇 아픈 것이 인간입니다.

그때 본질적인 이야기를 해주셨던 부모님 말씀보단
옆에서 비본질적인 자극을 주었던 친구의 이야기가
더 달콤하게 들렸습니다.
그래서 우리는 먼 길을 빙 돌아서
지금 이 자리에 이렇게 서 있을 것입니다.

꼭 필요한 이야기는 듣기가 참 거북합니다.
하지만 그 속엔 인생의 영양분이 가득합니다.

보라야!

"나에게 달콤한 이야기를 해주는 사람은 내 기분을 'up'시켜 주지만,

나에게 쓴 소리를 해주는 사람은 내 인생을 살찌게 해준단다.

들을 수 있는 귀는

들을 마음을 만드는 데서 시작된다는 걸

말해 주고 싶어.

마음이 바뀌면

귀도 바뀌고

눈도 바뀌고

입도 바뀌게 된단다.

너에게 주는 쓴 소리는 정말 듣기 어렵고 싫겠지만

네가 보지 못하고 있는

너의 모습을 볼 수 있는 사진과 같은 거란다.

쓴 소리에 귀를 기울이는 보라가 되었으면 참 좋겠구나."

제1부
•
빛나는 별은 아니어도

상처

어린 시절부터 지금까지

내 무릎이나 몸에는 한 번도 멍이나 딱지,

다정한 표현으로 '딱쟁이'가 떠난 1주일은 없었습니다.

차분해 보이지만 덜렁대는 성격인가 봅니다.

중학교 때쯤일 겁니다.

허벅지 쪽에 피부가 떨어져 나갈 만큼 아주 크게 다친 적이 있었습니다.

딱지가 생기고 새살이 돋아날 때까지 오랜 시간이 걸렸습니다.

그런데 딱지가 거의 가라앉아서 이젠 다 나았다 싶었습니다.

빨리 자유로워지고 싶어서 딱지 주변을 조금씩 떼어내기 시작
했습니다.

거의 절반을 떼어낼 때까지 분홍색 새살이 돋아 있었습니다.

이제 조금만 더 딱지를 떼어내면 내일부터는 마음껏 축구도 하
고 뛰어다녀도 된다는 기대를 가지고

아주 조금씩 상처의 중심부로 딱지를 제거하는

고난도의 '딱지 제거 수술'이 진행되었습니다.

이제 전체 딱지의 3분의 1쯤만 남았습니다.

조심스럽게 중앙부를 향하던 순간 갑자기…

딱지가 모두 떨어져 나가면서 붉은 피가 나오기 시작했습니다.

더 이상 말하지 않더라도 그 다음 이야기는 뻔히 아실 겁니다.

피로 인한 아픔보다는 어머니의 호통이 더 아팠습니다.

시대마다 유행하는 단어가 있습니다.

요즘은 상처라는 단어가 시대를 표현하는 대표어 같습니다.

그만큼 많은 마음의 아픔을

누군가에게 주고받고 사는 시대라는 의미이겠지요?

상처는 주고받는 것인데

우린 늘 나만 받았다고 생각합니다.

돌아보면 나도 누군가를 찌른 적이 많았을 텐데요.

어쩐 일인지 내가 찌른 상대방의 아픔보다는

내가 찔린 그 아픔만 우리는 붙잡고 살아갑니다.
그래서 늘 나만 아프게 느껴지는 것입니다.
어쨌든 오늘날 수많은 상처에 우리는 시달립니다.

마음속에 생긴 상처의 딱지가 떨어져 나가야
비로소 건강한 사람이 되는 것입니다.
상처는 딱지가 생기고
또 딱지가 떨어져 나가서 새살이 돋아야
비로소 치유되는 것입니다.

그런데 제 어린 시절의 이야기처럼
너무 억지로 상처를 떼어내려고 애쓰면 안 됩니다.
우리가 다시 눈물 흘리고 괴로워하는 건
상처의 딱지를 억지로 떼어내려 하기 때문입니다.
그냥 나도 모르게 상처의 딱지가 매일 조금씩 떨어져 나가서
어느 날 모두 떨어져 나가버린 몸의 상처처럼
그렇게 되어야 하는 거예요.

한사코 잊으려 하지 말고
잊혀질 때까지 가만히 놓아두세요.
아마 긴 시간이 지나지 않아 곧 새살이 돋아날 겁니다.

보라야!

"보라는 앞으로 더 많은 사람들을 만나게 될 테고

또 헤어짐을 겪게 될 거야.

그게 사는 거란다.

그런데 사람과 사람이 만나다 보면

필연적으로 생기는 것이 상처란다.

상처 없는 만남은 없으니까.

가까워지면 가까워질수록

고슴도치처럼 서로를 찌르게 되는 것이 인간관계란다.

상처를 받지 않으려면 사람이 없는 산속으로 들어가야겠지?

하지만 보라야!

상처를 받지 않으려고 노력하기보다는

상처를 치유하는 법을 배워.

그 중 하나가 저절로 떨어질 때까지 건드리지도 확인하지도 말고

그냥 그렇게 살아가는 거야.

많은 사람들의 생각이 다르듯

나 또한 상처에 대한 생각이 다르겠지.

하지만 아무리 생각해 봐도

상처를 너무 빨리 낫게 하려고 딱지를 떼어내는 일은 하지 않았으면

해.

세월이 흐른 후에 지난 시절의 아픔을 돌아볼 때,

입가에 저절로 미소가 지어지면

제1부
●
빛나는 별은 아니어도

그땐 상처의 딱지는 다 떨어진 거야.

그날은 꼭 온단다.

오늘도 누군가에게 주고받은 상처를 잘 소독하길 바란다.

힘내! 응원할게!"

이 나무들은
무사하네?

어느 해인가, 오래 지난 옛날 일은 아닙니다.

태풍이 우리나라 수도권과 중부 내륙을 휩쓸고 지나간 적이 있습니다.

내가 사는 동네 길가에 심어진 나무들과

건물의 외벽들도 많은 피해를 보았습니다.

그 태풍이 지나고 난 가을에

그토록 힘겨워하는 등산을 갔었습니다.

포천에 있는 명성산이었습니다.

올라가면서 속으로 많이 투덜댔습니다.

'왜 이런 짓을 한단 말인가! 다시 내려올 길을 왜 이리 힘들게
올라가야 하는가!'

뭐, 그런 생각을 하면서 말이에요.

언뜻 억새풀이 내 눈에 들어왔습니다.

그 순간, 억새풀의 아름다움보다 더 신비로운 사실 하나를 깨달
았습니다.

지난번의 태풍이 분명 이곳도 지나갔을 텐데

이곳에는 뿌리가 뽑힌 나무들이 보이질 않았습니다.

허공에 긴 머리를 내밀고 서 있는 듯한 고목들도

가지는 부러졌을지라도 뿌리는 뽑히지 않았음을 보고

한참을 생각했습니다.

가로수와 정원수들!

그리고 낮은 곳에서 사람들의 보호와 거름과 가지치기를 받으
며 살던 나무들은

모처럼 지나간 태풍 한 번에 뿌리까지 뽑혔건만,

명성산 꼭대기의 나무들은

뿌리가 뽑히질 않고 견디어 주었습니다.

무슨 차이가 있었던 것일까요?

그에 대한 해석들은 각자의 몫입니다.

하지만 나는 한 가지 꼭 공유하고 싶은 생각이 있습니다.

'뿌리를 내릴 땐 위로 오르려 하지 말아라!'

명성산을 내려오며 또 한 번 나는 그곳의 나무들을 살펴보았습니다.
모두가 그렇게 멋져 보일 수가 없었습니다.

보라야!
"인생이란 밑으로 한없이 뿌리를 내려야 하는 때가 있고
마음껏 솟구쳐 올라야 하는 때가 있단다.
그런데 밑으로 뿌리를 내려야 할 때
어설프게 위로 오르는 나무는
금방 푸르러질 수는 있으나
작은 바람에도 뿌리가 뽑히고 만단다.

나는 보라의 오늘이
한없이 밑으로 낮아져서 뿌리를 내리는 시기라고 생각해.
내려가서 깊은 뿌리를 내리지 못하는 사람은
높은 곳에 오르긴 해도 곧 추락하고 말지.

요즘 뉴스에 나오는 유명인들의 추락은
깊이 내려갈 때에 내려가지 못하고 성급히 올라갔던 실수와 조급함이
그 이유라고 생각한단다.

보라야!
더 내려가야 해.
더 낮아져야 해.
그리고 지금 하는 일에 더 깊이 뿌리를 내리길 바래.
오늘 깊이 내려가지 못하면 내일 올라가는 고도가 낮아지고,
오늘 낮아지지 못하면 내일 높은 곳에 오래 설 수가 없단다.
오늘은 아주 쓴 커피 한 잔에 깊은 생각을 하며
잠 못 이루는 밤이 되길 바란다."

제2부

진한 향은 없어도 나는 꽃입니다

진한 향은 없어도 나는 꽃입니다.

꽃마다 모두
저 나름의 좋은 향기가
있는 줄 여겼습니다.

책을 읽다 알았습니다.
향기 없는 꽃들이
더 많다는 것을….

화려한 향기가 없는
나도
꽃임을
꽃잎이 지려 할 때
알았습니다.

가방

나에겐 사치가 두 가지 있습니다.

문구류를 사는 일과

특이한 가방을 보면 꼭 가지고 싶다는 생각이 그것입니다.

그래서 가방과 문구류는 참 많이 가지고 있습니다.

그 중 내가 들고 다니는 가방은 늘 배가 불룩해 있습니다.

그래서 지퍼 부분이 자주 고장 납니다.

'배가 불러서'

잠가놓은 부분이 터지는 경우가 자주 발생하지요.

하지만 요즘은 잠금 부분이 튼튼하게 만들어져서인지

그런 일은 잘 발생하지 않고
오히려 지퍼를 연결한 재봉선 부분이 터지더군요.

왜 그럴까요?
내 가방은 제아무리 크더라도 그렇게 어김없이 배가 불러 옵니
다.
여행을 갈 때 가방을 두 개씩이나 챙겨갖고 가도
늘 가방의 배는 둘 다 부풀어 오릅니다.

예전에는 가방이 작아서인 줄로 여겼었지요.
하지만 이젠 알았습니다.
내가 가진 가방이 모두 다 크다는 것을….
그런데도 가방에 더 이상 들어갈 곳이 없었던 것은
내 욕심이 너무 큰 까닭이라는 걸 이제야 알았습니다.
세상에서 가장 큰 가방을 내게 준다 해도
내 가방은 항상 배가 불러 있을 것입니다.

특강을 하러 갈 때나 세미나 기간 동안에
장기간 이동해야 할 때가 가끔 있습니다.
언젠가 한 번은 출장을 다녀와서
출장 기간 동안 사용했던 물건과
한 번도 입지도, 사용하지도 않았던 물건들을 추려 보았습니다.

제2부
●
진한 향은 없어도 나는 꽃입니다

거의 절반 정도는 한 번도 사용하지 않고 도로 가져왔음을 알았습니다.

가방은 어느 것이든 좋습니다.
내 욕심만 줄인다면 어느 가방이든 내 여행 파트너로 충분한 것임을
이제야 깨달았습니다.
내 삶의 가방도 너무나 컸던 것 같습니다.
아직도 이것저것 더 채우려고 하는 것을 보니 말입니다.

보라야!
"꿈과 욕심은 다르단다.
이 둘은 서로 아주 멀찍이 떨어져 있는 사이이지.
꿈 속에 욕심이 너무 많이 들어차 있으면
그 꿈이 이루어진다 해도 만족을 모르게 된단다.
그리고 나처럼 너무나 많은 욕심을 채워 넣으면
그 어떤 명품 가방도 그 자체의 멋을 잃어버리게 되는 거란다.
꿈을 따라 걷는 사람은 아름답지만
욕망을 따라 걷는 사람은 추한 모습이겠지?
가끔 사람들은 꿈이 아닌 욕망을 꿈이라 착각한 채
악취를 풍기며 사는 것 같아.

보라야!

꿈을 따라가며 선한 향기가 풍기는 멋진 여성이 되길

뒤에서 응원하고 지켜봐 줄게!"

제2부
•
진한 향은 없어도 나는 꽃입니다

나는
벚꽃이 아닙니다

벚꽃!

어떤 꽃이 이렇게 많은 사람들의 마음을 흔들어 놓을 수 있을까
요?

벚꽃처럼 가슴을 흔드는 꽃은 아마 없을 것 같습니다.

겨울에 지친 사람들을 한두 주 정도 깨워놓고

봄비를 맞으며 홀연히 떠나버립니다.

요즘은 이곳저곳을 다녀보아도

벚나무를 심어놓은 곳이 아주 많은 것 같아요.

예전엔 '벚꽃놀이' 가자는 말도 있었는데
요즘엔 어느 곳에서든 마음만 먹으면
멋진 벚꽃을 감상할 수 있게 되었습니다.

그런데 이 벚꽃이 지고 나면
이젠 장미가 또 사람들의 가슴을 흔들어 놓습니다.
뒤이어 늦여름이 찾아오면
여기저기서 코스모스가 그렇게 다가오는 가을을 알리지요.
또 코스모스가 지고 나면
푸르던 잎들도 시들어 낙엽이 됩니다.
모든 게 그처럼 자기의 시절이 있습니다.

거기까지가 1년 동안 필 꽃이 다 핀 것은 아닙니다.
이제 국화가 남았습니다.
올 가을에 저는 여러 종류의 국화를 사다가 창밖에 놓아두었습니다.
어제 눈비가 내린 후에야 비로소 생기를 다 잃어버렸더군요.
거의 두 달 동안 내 눈과 마주쳤던 국화입니다.
가을과 초겨울은 꽃이 피기보다 지는 계절이라고 생각했던
바로 그 순간에
우리에게 다가온 국화!

나는 내가 만나는 모든 사람들에게 이 이야기를 해주곤 합니다.
자기의 때를 만나지 못해 삶을 정리하는 사람들에게 말입니다.

벚꽃만이 꽃은 아닙니다.
벚꽃이 우리의 기억 속에서 사라져 버린 늦가을에 국화는 피어
납니다.
그동안 수많은 꽃들이 피어나서 세상을 흔들고 있을 때도
국화는 그렇게 숨죽여 자신의 때를 기다립니다.
묵묵히 자기의 때를 기다렸다가
벚꽃, 장미, 코스모스라는 화려한 꽃들이 혜성처럼 사라질 무렵,
국화는 비로소 자신이 꽃임을 드러냅니다.

벚꽃만이 꽃인가요?
장미만 꽃입니까?
코스모스만 꽃인가요?
아닙니다.
가을의 마지막과 겨울의 시작은 국화가 장식합니다.

실망 마세요.
어쩌면 지금 당신 주변의 사람들이 빛나고
당신은 초라해 보이는 건
그들이 벚꽃과 장미와 코스모스인 이유입니다.

이젠 당신이 피어날 때입니다.

당신은 국화일지 모릅니다.

그리고 당신에게 소중한 그 사람도 국화가 아닐까요?

기다려 주면 피어납니다.

국화처럼 그 사람도 말입니다.

보라야!

"어쩌면 우리는 국화인데

수많은 벚꽃과 장미와 코스모스를 바라보며 울었는지도 몰라.

그리고 수많은 다른 꽃들이 피고 질 때마다

나는 무엇을 하고 있었는지 스스로를 비하하며 살고 있었는지도 모

르지.

보라야!

보라만을 위한 꽃을 피우기 위해서는 기다림이 꼭 필요해.

세상에 존재하는 모든 것은 자신만의 열매를 남기는 법이거든.

의미 없이 세상에 온 사람은 아무도 없단다.

기다려 봐!

서두른다고 국화꽃이 봄에 피진 않아.

그리고 봄에 핀 국화? 느낌이 없어.

때를 기다리며 충분히 무르익었다가 터뜨린

그 꽃이 아름답다는 걸 보라는 알았으면 해.

이 세상 모든 사람은 꽃이란다.

그러나 그 꽃마다 피는 시간이 다르다는 걸 안다면,

그 사람이 꽃을 피울 때까지 기다려 주어야 해.

물론 자신도 기다림의 인내가 필요하지.

보라야!

지금 같이 걸어가는 친구 중 하나가

너무 느리다고 불평하지 마.

그도 자기 때가 되면 국화처럼 피어날 테니까.

기다려 주는 사람 없이 자기 꽃을 피우긴 어렵단다.

잔소리가 길었지?

오늘 밤엔 이수인 선생님의 가곡 〈고향의 노래〉를

한 번 감상하면서 잠드는 건 어떨까?"

내 눈에만
보여요

사과 밭에 가보셨나요?

경북 영양군 감천마을에 있는 외삼촌의 과수원엘 가서

사과를 처음 따보았습니다.

사과나무에서 금방 딴 사과를 먹어본 것도 처음이었습니다.

그때 갑자기 뉴턴 생각이 났습니다.

만유인력의 법칙을 찾아내어 세상에 알렸던 과학자 말입니다.

물론 사과가 떨어지는 것만 보고 그 법칙을 다 완성한 것은 아
닐 겁니다.

또 사과가 떨어지는 것을 보고 뉴턴이 만유인력의 법칙을 발견
했다는 이야기는 후대에 만들어졌을 수도 있구요.

저는 과학 전공자가 아니기에 그 이치에 대해 잘은 모릅니다.
그러나 여기에는 우리가 꼭 명심해야 할 것이 있어요.

사과가 땅으로 떨어지는 것은 수천 년에 걸쳐 누구의 눈에든 보였을 것입니다.
그러나 그것이 만유인력 법칙의 모티브로 보인 건 뉴턴의 눈에서만 그랬습니다.
누구나 자신의 눈에만 보이는 것이 있습니다.
그것은 바로 당신이 해야 할 일이고
당신을 위한 일입니다.

누구든 자신의 눈에만 보이는 것은 붙잡아야 합니다.
남의 눈에는 안 보이지만 자신의 눈에는 보인다면
그것은 당신을 위한 축복일지도 모릅니다.
그리고 그것이 보이면 그것을 따라 걸어가야 합니다.

젊은이들과 이야기할 때면
상당수의 젊은이들이 뭘 해야 할지 모르겠다는 고민을 털어놓습니다.
다른 말로 말한다면
아마도 자신의 눈에만 보이는 그 무언가가 없다는 뜻일 것입니다.

당신의 눈에만 보이는 것!

그것이 있어야 해요.

보라야!

"나는 알고 있어.

네 눈에만 보이는 그 길을 네가 걷고 있다는 것을.

한 가지 더 이야기해 주고 싶은 게 있단다.

열매가 보이지 않더라도 열매를 볼 수 있는 심미안을 꼭 가질 수 있기를 바래.

씨앗을 보면 열매까지 볼 수 있는 눈,

그 누구도 가지기 어려운 눈을 네가 가졌으면 좋겠어.

작은 씨앗 속에서 열매를 확인할 수 있는 눈이 있다면

어떤 곳에서 무슨 일을 하더라도 두려워할 필요가 없겠지?"

제2부
·
진한 향은 없어도 나는 꽃입니다

사람이
싫어질 때!

사람이 싫어질 때가 있죠?

저도 그렇습니다.

그것도 아주 많이요.

그럴 땐 어찌해야 좋을까요?

그와의 좋았던 시간을 되돌려 봅니다.

그와의 아름다운 추억을 다시 들춰내 봅니다.

두 손 모아 기도도 해봅니다.

그래도 싫은 사람은 쉽게 좋아 보이질 않더군요.

지금 저는 그 미운 사람의 손을 다시 잡기 위해
그를 바라볼 때마다 이렇게 마음속으로 혼자 생각하는 연습을
했습니다.

'바로 이 순간이 저 사람을 이 세상에서 마지막으로 보는 것이
라면….'

보라야!
"어떤 사람에 대해 사랑의 에너지가 너한테서 더 이상 나오질 않는다
면
그와의 만남이 이 세상에서의 마지막 만남이라고 생각해 봐!
네가 가지지 못한
사랑과
관용과
용서의
에너지가 솟아오를 테니까."

낫고
싶다면?

대다수의 현대인은 육체와 정신에
한 가지 이상의 질병을 안고 살아간다고 합니다.
특히 요즘 방송을 보고 듣노라면
여행, 음식, 건강이라는 세 가지 주제가 그 주된 흐름이라는 사실을
금방 알 수 있습니다.

건강을 위해서 무엇을 먹으면 좋다,
무엇을 먹었더니 기적처럼 살아났다는 이야기들이
방송 채널을 바꿀 때마다 나옵니다.

그래서 다음날 시장엘 가보면
어제 방송에서 소개되었던 재료들이 틀림없이 나와 있습니다.

저 또한 질병으로 고생을 하며 살아온 사람이기에
음식이나 건강 문제에는 어느 정도의 관심을 가지고 있습니다.
그런데 그 좋은 음식들을 다 먹을 수는 없다는 것입니다.
고민했습니다.
저 많은 좋은 것들을 언제 어떤 방법으로 다 먹을 것인가!
그러나 그 좋은 것들을 다 먹는다는 것은 불가능했습니다.
하루 세 끼의 식사, 위장의 제한된 크기
그리고 건강에 투자할 시간의 부족 등을 생각할 때
도저히 불가능했습니다.

최근에 저에겐 갑자기 질병 하나가 더 찾아왔습니다.
나는 깊은 고민에 빠졌습니다.
새로 찾아온 이 친구를 어떻게 대할 것이고, 어떻게 치료할 것
인가!
좋은 것들을 많이 먹어서 이 새로운 친구를 떠나보낼 것인가,
아니면 다른 의약품의 도움을 받을 것인가를 깊게 고민했습니
다.

결국 나는 좋은 것을 먹지도, 약을 선택하지도 않았습니다.

제2부
•
진한 향은 없어도 나는 꽃입니다

내가 선택한 방법은 바로 이것입니다.

"좋은 것을 먹기보단
먹지 말아야 할 것을 먹지 않기로 하자!
그리고 좋은 운동을 하기보단
하지 말아야 할 습관을 먼저 고치도록 하자."

저도 이 방법을 선택하며 사실은 두렵고 떨렸습니다.
그러나 몇 달 후,
내 방법이 현명한 선택이었음을 알게 되었습니다.

좋은 것을 먹은 것도,
이름 있는 약을 복용한 것도 아닙니다.
그렇다고 어떤 질병에 어떤 운동이 도움이 된다는
그 운동법을 따른 것도 아닙니다.
내가 지니고 있는 나쁜 것들을 버리는 방법을 선택했습니다.
그것이 오히려 나의 질병을 호전시키는 결정적인 원인이 되었
습니다.

우리는 무언가를 시작할 때에
도움이 되는 것들을 채우려는 습관이 있습니다.
그러나 그 좋은 것들을 취하기보다는

나쁜 것들을 버리는 습관이 선행되어야 합니다.

한국의 자녀들은 학업성적과 대학 입학에 무척 신경을 곤두세
우고 있으며,
부모님들의 모든 관심사도 거기에 있다 해도
지나친 말은 아닐 것입니다.
그런데 자녀의 학업성적이 오르게 하는 방법으로서
좋은 학원과 좋은 선생님을 소개받는 것으로 충분할까요?
아닙니다.
자녀가 왜 공부하는 데 흥미가 없고,
왜 공부를 안 하려 하는지 그 이유부터 먼저 찾아야겠지요?

분명한 점은
더 채우는 것보단 버리는 것이 선행되어야 한다는 점입니다.
집이 좁다고 푸념하는 사람들을 보면
자꾸 물건을 들여오기만 할 뿐 버리는 일이 없어서 그런 것 아
닌가요?
사실 인생살이에는
채우지 못해서가 아니라, 버리지 않아서
실패하고 넘어지고 쓰러지는 일들이 수없이 많습니다.

보라야!

"더 크고 더 높이 오르고 싶다면,

새로운 것들로 더 많이 채우기보단

보라 안에 있는 버려야 할 것들을 찾아서 버려야 한단다.

그리고 버리는 것도 때가 있단다.

시간이 지나고 세월이 흐르면

버리려 해도 버릴 수 없을 때가 올 수 있거든.

어때?

오늘 부족한 걸 채우려는 노력을 잠시 멈추고

무엇을 버려야 할지를 먼저 고민해 보지 않겠니?

그런 고민으로 잠을 설친다면

그 밤은 돈으로도 살 수 없는 귀중한 밤이 될 거야.

『어린 왕자』를 쓴 생텍쥐페리가 이런 말을 했지.

'완전함이란 무엇을 더하는 것이 아니라

떼어낼 것이 없을 때입니다.'

이 말을 곰곰이 생각해 봐!"

슬픔이란…

가슴속에 한두 가지쯤
슬픈 추억을 가지고 있지 않은 사람은 없을 것입니다.
저 또한 그러하구요.

그런데 슬픔은 언제까지나 슬픔으로만 남아 있는 게 문제더라
구요.
그래서 그 슬픈 기억은 늘 우리를 또 슬프게 합니다.
어쩌면 좋을까요?
잊을 수 있다면 얼마나 좋을까요?
기쁜 기억은 쉬이 잊혀지지만

슬프거나 부끄러운 기억은 얄미울 만큼 오래가거든요.

어떻게 해야 할까요?

이왕 잊지 못할 기억이라면

잊으려는 노력은 헛수고입니다.

차라리 아름답게 기억하는 방법을 찾아보도록 하는 건

어떨까요?

헤어짐이 슬픔으로 남아 있다면,

죽음으로 인한 이별을 잊지 못한다면,

못 이룬 꿈 때문에 늘 괴롭다면

차라리 이렇게 한 번 바꾸어 보았으면 좋겠습니다.

잠시라도 그와 만났던 그 순간이 감사하다는 생각으로,

죽음은 끝이 아니라 다시 만날 약속이라는 생각으로 말입니다.

그리고 꿈을 이루진 못했지만 도전하는 그 순간만은

말 그대로, 꿈속을 살았다는

행복한 기억으로 바꾸는 것입니다.

쉽지는 않겠지만

잊으려는 몸부림보다는

차라리 생각하고 기억하며 아름다운 추억으로 바꾸어 보는 게

더 나을 듯합니다.

슬픔도 자꾸 돌아보면
아름다운 기억으로 변할 때가 있는 법입니다.

보라야!
"지나간 그 순간에 대한 기억들을 '어떻게 바라보는가' 하는 문제
는
어쩌면 미래에 대한 한 장의 그림을 미리 보는 것과도 같을지 모르
겠어.
이미 지나가 버린 슬픈 기억들을 어떻게 아름답게 바꿀 것인가는
지금 네게 가장 필요한 것 같아!
후회할 것은 후회하되 반드시 고쳐 나가야 할 것이고,
반성할 것은 반성하되 그 또한 고침이 있어야 하고,
지나간 모든 것들을
어제의 보라가 내일의 보라를 위해 훌륭한 '충고'를 했다고
생각해 보는 건 어떨까?
그리고 지난 일로 인해 오늘 울고 있다면
내일의 보라가 오늘의 보라를 미워할지도 모르잖아?
바꿔 봐.
그 모든 슬픈 것들을 아름다운 기억으로 말이야!"

왜 하나가
꼭 남을까?

만약 손으로 하는 일을 잘 못하는 남자 콘테스트가 있다면
순위에 들 것을 자신하는 사람이 바로 나입니다.
그래서 얼마 전부턴 목공 연습을 하고 있습니다.

그런데 저에겐 이상한 징크스가 하나 있습니다.
무엇을 만드는 것뿐만 아니라 조립하는 것마저도 엄청나게 서
툴다는 것입니다.

인터넷 쇼핑을 통해
운동기구든, 작은 공구든, 가구든 주문을 해서

내 손에 들어오는 모든 것은
약간의 조립이 꼭 필요한 것 같아요.
심지어 정원용 그네나 실내 운동기구도 말입니다.

설명서를 읽고 조립을 시작합니다.
나한테만 이게 이토록 힘든 것일까
늘 생각하곤 합니다.
그렇게 어려운 조립을 가까스로 마친 후에
조립 부속품이 들어 있던 비닐봉지를 들여다봅니다.
그러면 어김없이 볼트나 너트, 아니면 고무 링 등
어느 한 가지 부품이 꼭 남아 있다는 겁니다.

처음에 난 애써 스스로를 위로하며
이렇게 속으로 생각하고 그냥 조립을 마칩니다.
'그래. 여분으로 하나를 더 넣어주었을 거야.'

그렇게 조립된 물건을 사용합니다.
그런데 내가 조립한 그 물건을 사용하다 보면
뭔가 이상이 있다는 것을 알게 됩니다.

조립을 하던 그 순간에
남은 부속 하나를 제대로 맞춰 넣기 위해서

차라리 해체를 선택했더라면….

시간이 걸리고
짜증이 나고
조금 더 늦게 사용하게 되더라도
그 부품 하나의 위치를 찾느라 고민하며 처음으로 돌아갔더라면….
이 순간 치명적인 아픔은 없었을 텐데….

보라야!
"완성으로 가기 위해서는 반드시 한 가지 주의할 게 있어.
사소한 것들,
지금은 별 의미 없어 보이는 것들을
무시하지 말아야 한다는 것.
처음으로 컴퓨터 자판을 익힐 때에
빨리 가려고 '독수리 타법'을 선택하면
나중에 독수리 타법으로 굳어지는 것처럼,
빨리 가려고 사소한 것들을 무시하고 간다면
훗날 더 이상 나아갈 수 없는 상태가 된단다.
그리고 지금 괜찮아 보이고
'이 정도쯤은'이라고 간과해 버리는 그 습성이

훗날에 다시 원점으로 돌아가서 전체를 해체해야 하는
고통을 만들게 된단다.
자! 사소한 것들을 무시하지 말자꾸나!"

제2부
•
진한 향은 없어도 나는 꽃입니다

색안경

두 해 전이었습니다.

값비싼 선글라스를 난생처음 선물 받았습니다.

저는 안경을 착용하는 사람이라

늘 선글라스에 렌즈를 다시 맞추어서 제작해야 하기에

아무리 비싼 선글라스도 렌즈는 바꾸어야 해서

선글라스에는 탐을 내질 않았었습니다.

그런데 나는 그 고급 선글라스를 가지고

두근거리는 마음으로 안경점엘 갔습니다.

나는 안경점에 들어서면서

'이 안경 렌즈 좀 바꾸어 주세요'라며 당당하게 요구했습니다.
차라리 바꿀 수 있는지를 물어보았더라면 얼마나 좋았을까요?
주인은 단 한 마디로,
"이 안경은 안 됩니다. 이 메이커에서는 이 안경 자체의 렌즈를
바꾸지 못하도록 제작했거든요."
라며 내 꿈을 깨트리고 말았습니다.

그래서 내 눈에 맞는 선글라스를 맞추었습니다.
비슷한 안경테를 고르고 렌즈에 색상을 입히는 것이지요.
해가 눈이 부실 만큼 다가올 땐
비록 그 좋은 선글라스는 아니지만
맞춤 선글라스를 끼곤 한답니다.
그런데 선글라스라는 게 참 이상합니다.

선글라스!
남이 보기엔 아주 강렬하고 색이 진해서
그 사람의 눈동자의 움직임도 확인할 수가 없습니다.
하지만 실제로 자신이 그 안경을 끼면 그다지 진하게 보이질 않
습니다.
이상합니다.

남은 내 눈을 못 보지만

나는 남의 눈을 바라볼 수 있는 것이 선글라스입니다.

음…

저는 이 선글라스를 편견의 안경이라고 부르고 싶습니다.

자신이 편견을 가지고 있는 사람은

절대 자신이 그 편견의 선글라스를 끼고 있다는 걸 모른답니다.

선글라스를 끼고서

하루 종일 날씨가 흐리다고 불평을 하면서 살아가는 것이

편견의 선글라스를 낀 사람들의 특징입니다.

자신이 편견을 가지고 상대방을 바라보는 걸 알지 못하면서

늘 다른 사람이 이상하다고 생각하는 것이

편견의 선글라스를 낀 사람의 모습입니다.

내가 낀 선글라스를 벗어야 해요.

모두가 자신만이 옳고 다른 사람은 잘못되었다고 생각합니다.

오늘날 우리가 서로를 이해하고 감싸지 못하는 것은

우리 모두가 편견의 선글라스를 끼고 있기 때문입니다.

만일 우리가 이 편견의 선글라스를 벗을 수만 있다면

지금 우리 앞에 놓인 갈등과 아픔의 길은

대부분 화해와 사랑의 길로 탈바꿈될 수 있을 것입니다.

보라야!

"사람은 얼굴이 다르듯

그 성향도 그리고 마음의 모습도 모두 다르단다.

아마 신께서 한 명씩 정성을 들여 만들었기 때문일 거야.

나와 생각이 다르다고 해서

그 사람을 이상하게 생각지도 말고,

나와 반대편에 서 있다고 해서

그 사람을 생각 없는 사람으로 판단하지도 말았으면 좋겠어.

바로 그것이 편견의 산물이기 때문이지.

사람은 다 다를 수밖에 없어.

사람이란 너무나 귀한 존재여서

기성복처럼 모두 동일한 사이즈로 만들어진 게 아니란다.

한 사람 한 사람,

그 나름의 의미와 기대를 가지고 이 세상에 보냄을 받은 귀한 존재

이기에

편견의 선글라스를 끼고 바라보면 안 된다는 걸

꼭 말해 주고 싶어!

이제 보라와 생각이 다른 그 사람을

색안경을 벗고 다시 한 번 바라보도록 해봐.

내가 보지 못했던 귀한 모습이 비로소 그에게서 나타나게 될 거야."

제2부
•
진한 향은 없어도 나는 꽃입니다

몸살이
났어요

학생 시절엔 학년이 바뀔 때마다,
어른이 되어서는 학교를 옮길 때마다
나는 몸살을 앓았습니다.
지금도 그 습관은 여전합니다.

적응을 위한 몸살은 강아지들도 앓는 것 같습니다.
아니, 화원에서 봄꽃을 사다가 화분이나 정원에 옮겨 심어도
꽃 역시 몸살을 앓는 것 같습니다.
밥도 안 먹고 시들시들해지는
그 '적응을 위한 몸살'을

사람도 동물도 식물도 앓는 것 같습니다.

어떤 학생이 저에게 이런 질문 아닌 질문을 했습니다.

"저는 새로운 관계에 적응하는 게 너무 느려요.
새로운 것을 습득하는 것도 힘들구요.
어떻게 하면 이 성격을 고칠 수 있을까요?"

사실 그러한 것은 누구에게나 조금씩 있는 것이지,
그 학생에게만 있는 문제는 아니거든요.
어떤 면에서 보면 그러한 몸살을 앓는 게 정상이라는 생각이 들
기도 합니다.
새로운 일을 시작할 때에 몸살을 앓는 것은
뿌리를 내리는 아픔이기 때문입니다.

그 아픔이 클수록 깊은 뿌리를 내리기에
이 적응을 위한 몸살은 반드시 있어야 한다고 생각합니다.
처음부터 인간관계에 쉽게 적응하는 것과
새로운 상황을 아무 저항 없이 쉽게 수용하는 것은
또 다른 의미에서는 깊이가 없는 출발이라고 생각합니다.

만일 당신이 조직생활에 쉽게 적응하지 못하고

새로운 일에 방황한다면
뿌리를 내리는 몸살을 앓는 것이기에 크게 두려워 마세요.

보라야!
"빨리 성장하지 못해서 속이 탈 땐 없었어?
늘 그 자리인 것 같아 속상할 때도 많지?
다른 사람들처럼 조직 속에 쉽게 녹아들지 못하는
네 자신이 싫을 때도 있지?
무언가를 하기 위해서
또는 어떤 일에 적응하기 위해서는
항상 다른 사람들보다 오래 걸리는 자신의 능력을 한탄한 적도 있
지?
괜찮아.
그건 뿌리 내리는 몸살을 앓고 있는 중이니까."

멘토가
서야 할 자리

멘토라는 말이 참 많이 쓰이는 시대입니다.

멘토의 기원에 대해서는 여러 견해가 있습니다.

그냥 일반적으로 멘토라는 말은 사람의 이름입니다.

오디세우스가 전쟁을 나가면서 자신의 아들을 염려해서

멘토라는 이름을 가진 지혜자에게 맡겼다는 데서

유래된 것이라 이야기들 하죠.

이런 유래를 둘러싸고는 많은 견해 차이들이 있을 수 있습니다.

따라서 나는 멘토란

때론 친구로,

때론 부모로,

때론 선생으로,

때론 보호자로

그 다양한 얼굴과 역할을 하는 사람이라고 생각합니다.

하지만 중요한 사실은

멘토는 조언자요 권면자요 도움을 주는 사람입니다.

난 이렇게 생각해요.

엄밀한 의미에서 멘토는 리더가 아닙니다.

멘토와 리더는 어디에 서 있는가를 보면 알 수 있습니다.

멘토는 당신의 뒤나 옆에 서 있습니다.

하지만 리더는 앞에 서 있습니다.

또 하나 '보스'는 저 높은 곳에 서 있지요.

멘토란 멘티의 인생을 앞에서 끄는 사람이 아닙니다.

그가 자신의 인생을 살도록 도와주는 사람이지

앞에서 이끄는 사람은 아닌 것이지요.

늘 뒤에서 멘티를 격려하고,

힘들어할 땐 자신의 경험과 지혜와 지식을 통해서

그에게 힘을 줍니다.

그가 쓰러졌을 땐 다가가서 일어날 용기를 주고,

길에서 벗어났을 땐 그의 옆에서

다시 바른 길로 들어설 수 있도록 방향을 찾아줍니다.

멘토는 앞에서 끌고 가는 존재가 아니라
멘티가 스스로의 인생을 올곧게 살아갈 수 있도록
뒤에서 버팀목이 되어주는 존재입니다.
멘토는 자신과 똑같은 멘티를 만드는 것이 아니라
자신과는 다른 아름다운 한 인간을 만드는 것이지요.

가끔 이런 생각을 해봅니다.
'부모가 멘토가 되어서 자녀들을 키운다면 얼마나 좋을까?'
간혹 내가 만난 부모님들 중엔
자녀들을 키워나가는 데 있어서
어느 책의 제목처럼 리더인지 혹은 보스인지 불분명한 형태로
자녀들을 이끌어 나가는 모습을 보기도 합니다.
그러다 보니 자녀의 아름다운 인생보다는
자신이 원하거나 자신이 못 이룬 꿈을
자녀들을 통해서 대신 이루고 싶어 하기도 합니다.

부모가 멘토가 될 때에
그 자녀는 멋진 인생을 살 수 있으리라 생각합니다.

인생은 혼자 가기엔 길이 험합니다.

제2부
•
진한 향은 없어도 나는 꽃입니다

그래서 자주 넘어집니다.

그때 리더나 보스는 어서 일어나라고 앞에서 고함칩니다.

그 정도 걸어온 것이 힘들어 넘어지느냐고 강한 회초리를 들 수도 있습니다.

그러나 멘토는 그가 넘어진 옆 자리에

그와 함께 앉아 있습니다.

그리고 그가 일어날 수 있도록

그의 곁을 떠나질 않습니다.

그리고 그가 다시 일어나서 걸어갈 때에도

절대 앞에 서지 않습니다.

뒤에서 조용히 그를 따라만 갑니다.

그리고 옆길로 가려 할 때에 그에게 다가가서 함께 걸으며

자연스럽게 방향을 바로잡아

다시 원래의 길로 들어서게 합니다.

세상 사람들이 모두 나를 지탄하고 손가락질할 때에도

멘토는 내 옆에서 나를 감싸 주는 사람입니다.

성경에 보면 성범죄를 저지른 한 여인이 나옵니다.

유대 율법상 그녀에게 돌을 던져 죽여도 정당한 일이었습니다.

그때 예수는 그 여인의 편에 섭니다.

그러고는 그 여인이 무엇을 잘못했는지 가르치질 않습니다.

오히려 돌을 든 사람들에게,
"여러분들 중에 죄 없는 사람이 있다면 그분이 이 여인에게 돌을 던져 보십시오."
라고 말을 합니다.
아무도 그 말에 대응하지 못하고 하나 둘씩 돌아갑니다.
모두 다 돌아간 후에
예수는 그 여인을 바라보면서 이렇게 말합니다.

"이제 다시는 그러지 말아야 해. 알겠지?"

멘토란 이런 것 아닐까요?
잘못을 저지른 사람에게 원망과 질책보단
먼저 그를 보호하고
다시 걸을 수 있도록 위로해 주어야 하는 것입니다.
그러나 우리들은 야단치고 원인을 장황하게 설명하며
죄의 결과가 얼마나 무서운지,
죄를 지으면 왜 안 되는지를
가르치려고만 하지요.

멘토란 예수처럼
아무도 나를 위로하고 내편이 되어주지 않는 그때에
그의 편에 서서 그를 감싸 주는 것!

리더와 보스가 할 수 없는 일이 아닐까요?

우리에겐 누구나 멘토가 필요합니다.
당신의 멘토는 누구인가요?
혹시 당신이 당신의 멘토는 아닐까요?
그건 안 됩니다.

만일 좋은 멘토가 있다면
멘토로부터 받은 본보기를 가지고
또 누군가와 같이 걸어가는 멘토가 되어야 합니다.
하지만 어떤 상황에서도 멘토는 앞장서서 이끌거나
나를 따라오라고 외치는 선생이 되어서는 안 됩니다.
항상 그의 뒤에서 그를 끝까지 지켜보는 동행자가 되어야 합니다.

보라야!
"앞으로 다가올 시간 속에는 순경만 있는 것은 아니란다.
아마 역경의 시간들이 더 많을 거야.
그리고 실패도 또한 우리를 기다리고 있을 것이고.
하지만 잊지 않길 바래.
네가 넘어지고 포기하고 싶을 때 뒤를 돌아봐.
너의 멘토가 동행하고 있을 테니까."

드론

TV 화면에서 놀랍도록 아름다운 제주도 해안 절경을 보았습니다.

내가 보았던 제주도와는 너무나 다른 멋진 풍경이 펼쳐진 것이었어요.

내가 지나갔던 그곳인데 말이에요.

가만 생각해 보았어요.

이유가 뭘까?

왜 저리 아름답지?

다름 아닌 드론이라는 기구에 장착된 카메라 때문이었습니다.

드론이 하늘 높이 날면서

우리의 눈길이 닿지 않는 곳과 두 발이 설 수 없는 곳에서 제주도의 모습을 촬영했기 때문에

내가 보았던 풍경과는 비교할 수 없으리만큼 아름다운 모습을 보여줄 수 있었던 것이지요.

시각의 차이였어요.

어디서 어떻게 바라보는가에 따라 이처럼 다른 결과를 가져온 것입니다.

요즘 나에겐 두려운 사람도 생겼고

조금은 미워지려는 사람도 생겼습니다.

그러나 이젠 알았습니다.

내가 그를 '바라보는 각도의 차이'라는 것을 말입니다.

나는 그를 자꾸 미운 각도와 두려운 각도로 보고 있었기 때문입니다.

그래서 나의 멘티에게 이 이야길 꼭 전해주고 싶습니다.

보라야!

"늘 하던 일인데도 앞이 안 보일 때가 있지?

내일이 두려울 때도 있을 거구?

그래. 지금 네가 하는 일이 불안하고 두렵고 앞이 안 보인다고 느낀다면

너는 지금 전체를 못 보고 부분만을 보고 있어서 그래.

내가 지금 조금 미워지려는 사람과 두려운 사람의

작고 사소한 부분만을 보고 있는 것처럼 말이야.

이제 우린 보는 시각과 시야를 드론처럼 높여서

전체를 한 번 보도록 하자.

보는 각도만 바꾸어도

미움도 불안도 상당 부분 사라질 테니까.

드론처럼 높이 날아서 아래를 보고 전체를 바라보면

우리가 몰랐던 그 사람과 그 일의 진짜 모습이 보이지 않을까?"

제2부
•
진한 향은 없어도 나는 꽃입니다

감색
양복

나처럼 자기 변화를 하지 못하는 사람도 드물 것입니다.

먹는 것도, 사는 집도 그리고 입는 것도 항상 변하지 않는

아쉬운 것이 많은 나입니다.

가끔 옷장을 열어 보고 난 후에

나는 스스로를 돌아보게 됩니다.

'나는 왜 이리 변하지 못한 채 항상 그대로일까?'

봄 여름 가을 겨울!

제가 입는 양복의 90% 이상은 감색입니다.

나름대로 때가 되면 새 양복을 사서 옷장에 걸어놓습니다.

그러나 새 양복을 사다 놓은 후에 찾아서 꺼내 입는 것이 참 쉽지 않습니다.

모두가 같은 감색이어서 분간하기가 정말 힘이 듭니다.

이번엔 멋진 양복을 살 것이라 생각하고 나서지만

돌아오는 길에 손에 들려 있는 옷의 색깔은 또 감색입니다.

이번 계절에도

제 옷장에는 감색 양복 한 벌이 또다시 늘었습니다.

나는 언제쯤에나 변화를 이룰 수 있을까요?

자기 변화를 한다는 것은 내가 양복의 색깔을 바꾸는 것처럼 힘든 일입니다.

곰곰이 생각해 보았습니다.

왜 나는 양복 색깔이 늘 같은 것일까?

이유는 분명히 있습니다.

어떤 양복을 살 것인가를 옆 사람들에게 조언은 듣지만

결국 마지막 선택은 내 생각으로 하기 때문이지요.

다른 사람들의 옷장은 어떤지 갑자기 궁금해집니다.

이것은 옷의 문제가 아니라

우리가 변화하지 못하는 문제이기도 한 것 같습니다.

결국 나는 내 경험과 취향과 생각대로만 선택하고 살아가기에

늘 같은 열매만 거두게 되는 것 같습니다.

보라야!

"변화하지 못하는 리더는

결국 세상의 그 다양한 색상들을

어색하다는 이유로 입어보지도 못하고,

나처럼 감색 양복으로만 가득 채우는 옷장으로

만족하게 된단다.

보라야!

결국 선택은 멘토도 부모도 친구도 대신 해줄 수는 없어.

하지만 리더란 변화에 귀 기울이고

어색해도 변화하려는 수많은 뒤뚱거림을 겪어야 해.

리더의 마음과 눈과 귀는 공동체의 미래라는 사실을

다시 한 번 생각해 주었으면 좋겠어.

오늘 보라의 옷장을 훑어보고 한 번 생각해 보길…"

기적이라도
일어났으면…

행운?

나에겐 정말 꿈같은 이야기입니다.

초등·중·고등학교 시절을 돌아보면

내 기억 속에 존재하는 행운은

단 한 번도 없었습니다.

예전에 제가 초등·중·고등학교 다닐 때만 해도

소풍을 가면 반드시 보물찾기를 했었습니다.

내가 지나친 곳에서 친구들은 보물찾기 쪽지를 찾아서

학용품들을 받곤 했습니다.

하지만 난 그런 기억이 없습니다.

땅을 내려다보아도 1천 원짜리 한 장이나 동전 하나를 주운 적이 없으니까요.

그뿐일까요?

가르치는 '보따리 장사'를 시작했을 때에

지친 몸을 이끌고 일찍 일어나 버스를 탑니다.

속으로 간절히 기도합니다.

오늘은 제발 빈자리가 있어서

다음 환승역까지는 앉아서 졸며 갈 수 있는

축복을 달라고!

한 학기에 한 번쯤은 빈자리가 있는 버스를 타게 됩니다.

얼마나 기쁜지요?

그 자리에 앉아서 잠시 졸기도 하고

책도 좀 읽을 수 있는 호사를 누릴 생각과 그런 여유를 꿈꾸며

빈자리에 앉습니다.

그 기쁨이 가라앉기도 전에 다음 정류장에서는

역시 나에겐 행운이란 없다는 걸 증명이라도 하는 듯한 일이 일어납니다.

연세 많으신 할머니나 할아버지께서 내 앞으로 와서

'아…휴!'하고 거친 숨을 몰아쉽니다.

어찌해야 할까요? 당연히 일어나야지요?

더는 이야기 안 하려 해요.

이렇듯 행운과는 거리가 먼 나에게 기적 같은 일이 일어났을까
요?

절대 일어나질 않았습니다.

사람이 살다 보면

내 힘으론 어쩔 수 없는 그 일들에 두 손 들고 항복할 수밖에 없
는 경우들이 종종 일어납니다.

그때 간절히 바라는 것이 기적입니다.

"기적이 나에게…."

하지만 기적이 일어나는 경우는 적습니다.

대부분 기적은 일어나질 않습니다.

왜 당신과 나에겐 기적이 일어나질 않을까요?

그것은 아직 당신과 나에겐

스스로 할 수 있는 숨겨진 힘이 남아 있기 때문입니다.

기적은 인간의 힘이 제로가 되었을 때에 나타나는

'신의 개입'이라고 생각합니다.

당신과 내가 기적을 원하지만 그 기적이 우리에게 다가오질 않
는다면

제2부
•
진한 향은 없어도 나는 꽃입니다

우리에게는 아직 일어날 힘이 남겨져 있기 때문입니다.

힘을 내세요.
남겨진 힘을 다 써 보자구요.
그렇게 모든 힘을 다 사용한 후에도
더 이상 그 문제를 풀 수 없다면
그땐 기적이 일어날 기회일 겁니다.

한 번만 더 도전해 봅시다.
아직 기적의 도움을 받을 때가 아닌 오늘이
당신과 나의 현주소인 것 같아요.

보라야!
"거대한 문제 앞에서 울어도 보고,
기도도 해보고,
원망도 해보곤 했지?
그게 인생이야!
그건 보라의 경험만은 아니야.
그럴 때 누가 기적같이
나를 도와주었으면 좋겠다고 생각하며
잠든 밤들이 많이 있었지?

하지만 그 다음날 기적은커녕

더 일찍 잠에서 깨어나곤 했지?

그런 거야!

아직 보라에겐 기적의 도움이 필요 없기 때문이야.

그리고 더 힘들고 어려운 사람에게 기적은 찾아가는 법이고

또 그런 사람에게 기적을 양보해야 되는 거란다.

앞으로도 기적은 보라에겐 찾아오지 않을 거야.

섭섭하지만 이 말은 받아들였으면 해.

왜냐하면 보라에겐 앞으로 평생을 쓰고도 남을 달란트가 있기 때문

이지!

꿈도 꾸지 마! 기적은….

가진 것을 다 사용해도 남을

귀한 보물 같은 달란트가 네겐 있으니까.

미안해, 보라야!"

제2부
•
진한 향은 없어도 나는 꽃입니다

동급 최강이
낫지 않을까요?

참 순수한 학생은 아니었던 것 같습니다.

초등학교를 다닐 때에

선생님들께서 이런 말씀을 하신 걸 기억합니다.

"여러분! 열심히 공부하면 모두 100점 맞고, 모두 다 1등 할 수 있어요."

"여러분! 꿈을 가지고 열심히 노력하면 모두 다 그 꿈을 이룰 수 있을 겁니다."

속으로 웃었어요.

'에이… 저건 거짓말인데.'

왜냐하면 세상에 1등은 한 명이고, 그 한 명을 꿈꾸는 자들은 너무나 많다는 걸
알고 있었기 때문입니다.
그리고 꿈을 이루지 못한 사람들을 많이 보았기 때문이죠.
그 어린 나이에 말입니다.

그런데 사실 어릴 때에 자기의 크기와 자기의 가능성을 깨달아 간다는 건
더 없이 소중한 일이라고 생각합니다.
일반적인 원칙에 개별체가 적용되는 건 저는 싫었습니다.
사람에겐 저마다 얼굴만큼이나
성격도 취향도 소질도 각기 다른 특징을 가지고 있습니다.
어릴 적에 부모님들도 선생님들도
모두 다 노력하면 된다는 걸 가르치셨습니다.
성권이에게도 영기에게도 그리고 영자와 창희에게도 말입니다.

하지만 우린 인생을 살면서 알게 됩니다.
우리 각자의 크기가 다르다는 걸 말입니다.
그리고 우리가 자라서 인생의 종착역에 다다를 쯤에야
또 한 가지 알게 되는 것이 있습니다.
인생의 성공과 행복과 기쁨은
사람의 능력이 크고 많고 작고 적은가에 따라 결정되는 것이 아

니라

각자 자신이 받은 크기를 모두 사용하는가 아닌가에 의해서 결정된다는 것을 말입니다.

더 말씀드릴게요.
어떤 사람은 크기가 100입니다.
그리고 어떤 사람은 50입니다.
그리고 나는 10입니다.
단, 0으로 태어난 사람은 없습니다.

그런데 100으로 태어난 사람이 50만큼을 발휘하며 산다면
그것은 실패입니다.
그러나 50이나 10의 크기를 가지고 태어난 사람이 50이나 10만큼을 살았다면
그 사람은 성공한 인생입니다.

주어진 크기만큼 산다는 것!
그것이 인생 행복과 성공의 핵심입니다.

50이 100이 되는 건 어렵습니다.
10이 50이 되는 것도 어렵구요.
하지만 10이나 50이나 100이 각자의 크기만큼 빛을 낼 때에

크기에 관계없이 행복을 느끼게 됩니다.
우리 가족들에게 크기만큼을 요구하고
크기만큼 살기를 바라는 것이 지혜로운 사람입니다.

남자들은 이상하게도 차에 대한 욕구가 강합니다.
더 비싸고 더 배기량이 큰 차를 가지길 원합니다.
집에 비가 새는 것보다
비 내리는 날 세차한 자동차가 비 맞는 것이
더 가슴 아픈 게 남자라는 말도 있으니까요.
어쨌든 남자들은 더 비싸고 좋은 차를 가지고 싶어 합니다.
하지만 누구나 최고급 자동차를 가질 수는 없지요.
그것이 현실이니까요.

그럴 때에는 동급 최강을 선택해 보는 게 어떨지…
주어진 차종에서 최고와 최강을 선택하는 겁니다.
우스운 이야기죠?
하지만 이게 인생인 것 같습니다.

보라야!
"나는 너에게 꼭 부탁할 말이 있단다.
자신의 크기를 볼 줄 알고 그 크기만큼 도전하는 것!

제2부
•
진한 향은 없어도 나는 꽃입니다

그것이 지금 너에게 주고 싶은 말이란다.

지나치게 자신을 크게 보아서
헛된 힘을 쏟아서도 안 되며,
지나치게 자신을 낮게 보아서
자신의 크기만큼 살지 못하는 것…
그 둘 다 아픈 인생이란다.

보라야!
보라가 가진 크기만큼만 다 이루고 산다면
후회란 있을 수 없겠지?"

제3부

나만 울고 있는 줄 알았습니다

나만 울고 있는 줄 알았습니다.

늘 웃음을 띤 친구가 있었습니다.
그가 부러웠습니다.
그는 울지 않는 사람인 줄 알고
많이 부러웠습니다.

어느 날
그가 더 이상 흘릴 눈물이 없는 사람이었음을
깨닫고
많이 미안했습니다.

이별을
할 때는…

사람마다 이별의 경험은 다 있습니다.

그리고 사랑하는 사람과의 이별은 큰 고통을 남기게 됩니다.

그래서 사람들은 이별을 경험하면

쉽게 또 다른 사람을 만나고 사랑하는 것을 두려워하게 됩니다.

그만큼 아팠기 때문일 겁니다.

아마 당신도 그러하겠죠.

누군가와 헤어졌던 그 경험이 너무나 아파서

또 다른 사람을 만나고 사랑하는 걸 고민하고 또 고민해서

지금의 연인을 만났을 겁니다.

어쩌면 이별이 아파서 아직 혼자일지도 모르겠고요.

하지만 헤어짐 후에 다가온 아픔은 결코 헛된 아픔이 아닙니다.
이별의 아픔이 좀 더 신중한 만남의 기회를 우리에게 가져다주
기 때문입니다.
그래서 나는 이렇게 생각합니다.

아픈 이별은 좋은 거라고.
이별은 아파야 한다고.
아프지 않은 이별은 이별이 아니라고 말입니다.

보라야!
"이별 없는 사랑의 완성이 없듯
삶도 그러하단다.
앞으로 겪게 될 많은 만남들이
이별 없는 만남은 아닐 거야.
그리고 앞으로 보라가 계획하는 일들 가운데
버려야 하고 작별해야 하는 일들도 많겠지.
하지만 이별하고 포기하고 버려야 하는 그 일들을 통해서
반드시 얻는 것이 있어야 해.
아프게 포기했다면

제3부
•
나만 울고 있는 줄 알았습니다

그 아픔을 통해서 반드시 깨닫는 것들이 있을 거야.

그것이 이별이 주는 선물이란다.

또 모든 일들이 다 성공으로 이어지진 못한다는 것…

그걸 기억해 두었으면 해.

정말 하고 싶은 일일지라도

안타깝지만 놓아야 하는 경우도 있을 거야.

바로 그때,

왜 내가 이 일과 작별해야 하는지 꼭 점검해야 해.

마치 첫사랑에 실패한 후,

그에게 잘못했던 일들을 기억해 두었다가

이렇게 못 다한 것을 다음 사람에게는 마음껏 다하듯 말이야.

보라야!

이별은 슬픈 일이지만

꼭 이별을 해야 한다면 많이 아파야 해."

내일의
　　　내 모습이 궁금해?
가르쳐 줄까?

내 소중한 친구와 이야기를 나누었습니다.
다름 아닌 고향의 아버지에 대한 고민이었습니다.
어머니를 힘들게 하고,
동네 사람들을 번거롭게 하고,
자신밖에 모르는 고집불통 등…
자녀들을 참 많이 아프게 한다는 이야기였습니다.

이미 부모님을 영원히 행복한 나라로 보낸 나에겐
그마저 조금 부러운 이야기였습니다.
그러면서 내 친군 이렇게 혼잣말을 했습니다.

제3부
•
나만 울고 있는 줄 알았습니다

"잘 늙어야 할 텐데…."

그래요.
우리 모두는 내일 늙는 것이 아니라
오늘 이미 늙어가고 있습니다.
우린 어떤 노인이 될까요?
우리의 노년의 모습은 어떨까요?
모두 다 궁금할 겁니다.
제가 그 답을 가르쳐 드릴게요.

당신의 노년은 전혀 새로운 사람으로 변하는 게 아닙니다.
오늘 이 순간의 당신 모습이 변해서 노년의 당신이 되는 겁니다.

그러니까 아주 간단하게 당신의 미래를 내다볼 수 있습니다.
오늘 당신의 사사로운 단점과 결점이 노년의 당신의 특징으로 굳어질 것입니다.
오늘 많은 사람들에게 아픔을 주는 모습이 미래의 당신을 만듭니다.
오늘 사랑하지 못하는 그 모습이
미래에 노인이 된 당신의 자화상이 될 것입니다.

우리의 나이든 모습은 미래에 갑자기 만들어지는 것이 아니라
지금 우리의 모습 속에 있습니다.
그래서 아름다운 노인이 되기 위해서는
오늘의 나를 들여다보는 거울이 꼭 있어야 하고
그 거울을 자주 들여다봐야 하겠습니다.

보라야!
"내일의 네 모습이 궁금하지?
보라의 미래는 훗날 갑자기 이루어지는 것이 아니라
오늘 너의 모습 속에 있단다.
매일 밤 오늘의 보라 자신을 바라볼 수 있는
거울을 한 번 만들어 보면 어떨까?
그 거울은 보라의 미래를 보여줄 것이고
노인이 된 보라의 모습도 아름답게 만들어 줄 거라 믿어.
얼굴을 비춰주는 거울을 보는 만큼
마음의 거울을 바라본다면
얼마나 좋을까."

제3부
·
나만 울고 있는 줄 알았습니다

내가 해야 할
두 가지

내가 좋아하는 고사성어가 있습니다.

'盡人事待天命'

진인사대천명!

구태여 해석하지 않아도 모두 아는 흔한 말입니다.

그런데도 나는 이 말이 참 좋습니다.

사람이 할 수 있는 모든 것을 다한 후에 하늘의 뜻을 기다린다
는 뜻이지요.

나는 이 고사성어의 의미보다는

그 의미 뒤에 숨겨진

사람의 두 가지 유형을 생각하곤 합니다.

지상에 사는 사람들의 유형을 어찌 두 부류로만 나눌 수 있겠습니까?

하지만 나는 세상을 살아가는 사람들을 두 부류로 나누어 보곤 합니다.

한 부류는 '진인사' 유형입니다.

자신의 힘과 노력으로 모든 걸 이룰 수 있다고 생각하는 사람들이지요.

이런 사람들은 자신의 최선을 다하며 살지만

하늘의 뜻을 생각하진 않습니다.

또 한 부류는 '대천명' 부류입니다.

사람의 할 바를 다하지 않으면서 하늘이 줄 것만을 기다리는 사람들입니다.

이러한 사람들은 일확천금을 꿈꿉니다.

뜻밖의 행운만을 찾아서 떠도는 사람들이지요.

자신의 노력보다는 행운과 기적만을 기다리고 있는 사람들입니다.

우리가 해야 할 두 가지 일은 무엇일까요?

사람이 할 수 있는 모든 일을 다 하는 것이

먼저 선행되어야 합니다.

그리고 마지막에 성공과 실패는 하늘의 뜻에 맡기는 것입니다.

후회도 미련도 아쉬움도 없는 인생은

바로 이 두 가지를 다한 사람의 고백일 것입니다.

보라야!

"우리 한 번 생각해 볼까?

보라는 '진인사'와 '대천명' 중에 어느 것에 더 집중하는지를 말이야.

최선을 다해서 살지만

마지막은 하늘의 뜻에 순응하는 삶을 살아야 해.

이것은 나약한 자의 자기 위로가 아니란다.

그 누구도 자신의 뜻과 능력과 노력만으로 모든 것을 다 이룰 순 없어.

보라야!

마지막은 내가 하는 것이 아님을 알고

하늘이 내게 허락한 것을 겸손히 기다리는 삶을 살길 바래."

내가 머리를
기르는 까닭은?

젊은 시절 나는 머리를 짧게 깎았었습니다.

그러나 요즘은 머리를 조금쯤 길다 싶을 만큼 기르고 있습니다.

그렇다고 1970년대 영화에 나오는 장발 머리 정도는 아닙니다.

힘없는 머리를 세우기 위해서 가끔 '파마'를 합니다.

뒷머리가 목덜미를 조금 덮을 정도이지요.

왜 내가 청춘의 시절이 지났음에도 머리를 기를까요?

많은 사람들은 내가 멋을 내려 한다고 지레짐작을 하더군요.

하지만 그렇지 않아요.

제3부
•
나만 울고 있는 줄 알았습니다

지금 내가 머리를 기르는 이유는

훗날 머리를 기를 수 없는 날이 왔을 때 후회하지 않도록 하기 위함입니다.

인간은 나이가 들면 머리가 빠질 수밖에 없습니다.

언젠가 내 머리가 많이 빠져서

두피가 드러날 나이에 다다르게 될 것입니다.

그때 긴 머리를 하고 지나가는 젊은이를 보게 되겠지요.

그 순간 어쩌면 나는 이런 독백을 할지도 모릅니다.

"아! 나도 저렇게 멋지게 머리 한 번 길러볼 것을….."

그래서 나는 훗날 더 이상 할 수 없을 때에 후회하지 않기 위해서

머리를 기릅니다.

어쩌면 우리 모두는

훗날 두 번 다시 할 수 없는 일들은 뒤로 제쳐두고

훗날 다시 할 수 있는 일들에 목숨 걸고 살아가는 건 아닐까

하는 생각이 듭니다.

지금 우리는

훗날 다시 할 수 없는 일을 하지 못하고 사는 건 아닐까요?

보라야!

"젊은 시절엔 뭐든 할 수 있고

실패해도 또다시 기회가 있다….

흔히들 그렇게 배웠고, 또 그렇게 생각하지?

물론 그게 틀린 말은 아니야.

하지만 꼭 기억해 둬.

많은 일들이 이리저리 겹쳐 있을 때

그중 무엇이 중요한가도 심각히 고려해야 해.

그렇지만 그보다 더 중요한 건

'지금이 아니면, 지금 하지 않으면' 다시 할 수 없는 일들을

놓치지 말아야 해.

적어도 그렇게 살아간다면

성공을 장담할 순 없겠지만

후회하는 일은 적어진단다."

제3부
•
나만 울고 있는 줄 알았습니다

탈진했나요?

인생이란

앞을 보면 길고 뒤돌아보면 짧은 요상한 길입니다.

그래서 인생의 길을 걸어가는 사람이라면 누구에게든 고단함과 탈진이 찾아옵니다.

고속도로로 먼 길을 달려갈 때 꼭 필요한 곳이 휴게소이듯

인생의 긴 길을 걸어갈 때에 꼭 필요한 것이 인생의 휴게소입니다.

길을 가다 탈진이 찾아오기 전에

인생의 휴게소에서 잠시 기력을 다시 충전해야 할 필요가 있습니다.

인생의 휴게소란 어디일까요?

어떤 이에겐 술 한 잔이…

어떤 이에겐 친구가…

어떤 이에겐 휴식이…

어떤 이에겐 취미생활이…

어떤 이에겐 종교가…

어떤 이에겐 여행이…

이처럼 다양한 휴게소를 찾게 됩니다.

그런데 조심할 것이 있어요.

탈진했을 때는 탈선도 아주 흔하게 일어난다는 사실입니다.

인생길이 힘들어서 잠시 쉬려고 들렀던 휴게소에서

가던 길의 발목을 잡습니다.

선로에서 벗어나는 탈선이 탈진할 때 자주 일어난답니다.

휴게소는 잠시 머물고 휴식을 취하는 곳입니다.

안타깝게도 그곳에서 끝까지 머무르는 사람도 있습니다.

인생의 휴게소에 너무 오래 머물다 보면

가야 한다는 의무가 잊혀질 때도 있습니다.

따뜻한 남쪽 나라를 찾아가는 철새들도 잠시 머무르는 휴게소
를 찾습니다.

제3부
•
나만 울고 있는 줄 알았습니다

그러나 철새들은 잠시 머무르는 곳에서
아무리 편하고 먹이가 풍성할지라도
길게 머무르지 않는다는 원칙을 지킨답니다.

인생도 어디론가 향하는 철새의 여정과 같습니다.
탈진할 땐 쉬어 갈 휴게소를 찾아야 합니다.
하지만 탈진할 때 선로를 벗어나는
'인생 기차 탈선'도 많이 일어난다는 사실을 잊지 않았으면 해
요.

보라야!
"인생길을 가다 보면 쉬어야 할 때가 있을 거야!
그때 쉬지 못하면
더 이상 달리지 못하는 고장 난 네가 될 거고,
또 너무 길게 쉬면
다시 달려가는 데 힘이 들게 된단다.
이제 너만의 인생의 휴게소를 만들기를 바란다.
지칠 때 쉬어 갈 수 있도록 말이야.
한 가지만 약속해 주었으면 해.
너무 오래 머물지 않겠다고….”

잊어주는
미덕

나는 TV를 즐겨 시청하진 않습니다.
그렇다 해서 아예 담 쌓고 사는 건 아니고,
가끔씩 TV 채널을 돌려 보는 정도입니다.
그때마다 이상하게도
유명인의 지난날 이야기를 화제로 삼아
몇 명의 전문가들과 그 지인들이 나와서
그에 대한 이야기보따리를 풀어내는 프로그램이 방영되더군요.

좀 화가 났습니다.
'이젠 그만 할 때도 되었는데…

제3부
•
나만 울고 있는 줄 알았습니다

이젠 좀 잊어줄 때도 되었는데…'
라는 생각이 불쑥 솟구쳤습니다.
이 시대는 잊어주지 않는 게 문제라고 생각합니다.

누구에게나 실수는 다 있습니다.
누구에게나 사연이란 다 있습니다.
누구나 구질구질한 과거 하나쯤 지니고 살지 않는 사람은 없습니다.
그런데 그 지난날의 당신의 일들이 잊혀지지 않고
대중 속에서 회자되고 있다면 어떨까요?

형사소송법에 공소시효라는 것이 있습니다.
어떤 범죄라도 법에서 정한 기간이 지나면
형벌을 가할 수 있는 효력이 소멸되는 것을 말합니다.

하지만 이 시대는 지난날의 죄가 아니라
사소한 실수나, 아니면 일시적인 일탈도 줄곧 기억되는 시대입니다.
바로 인터넷이라는 이 녀석,
한 번 들으면 잊는 걸 모르고 아주 두뇌가 영리한 이 녀석 때문입니다.
이제는 지난날의 실수가 자손대대로 기억될 수밖에 없는
그런 시대가 된 것입니다.

이제는 인터넷에도 공소시효가 필요할 때가 된 것 같아요.
아주 오래 전, 어떤 사람의 이야기가 인구에 회자되듯
당신과 나의 이야기가 그렇게 된다면 어떨까요?
그래서 나는 제자들과 지인들에게 이렇게 말하곤 합니다.

"누군가의 일들을 잊어주는 것이 이 시대에 가장 필요한 미덕입니다."

보라야!
"지금 보라와 나의 마음에
누군가의 실수를 얼마나 깊이 새겨두고 있는지
돌아볼 때가 된 것 같아.
이젠 내 맘에 새겨진
그 사람의 실수, 그 사람에 대한 미움의 공소시효가
오늘로 끝났으면 좋겠어.
잊어주는 덕이 있는 사람에게 많은 사람들이 모여드는 시대가
지금 다가오고 있는지도 모를 일이지!
보라야!
누군가와 지난날에 맺힌 일들을
다 잊어주는 미덕을 가지길 부탁할게!"

제3부
●
나만 울고 있는 줄 알았습니다

걱정하지 마!
가긴 갈 테니까

왜 그랬을까요?

소풍 가기 전날과 수학여행 가기 전날에는

잠이 들지 않았습니다.

왜 그랬을까요?

운동회 하기 전날은 왜 그리 하늘이 흐려만 졌는지…

내일 소풍이 연기되지나 않을까

내일 운동회가 취소되지나 않을까

두근거리는 마음으로 잠이 들곤 했습니다.

학창 시절!

잠깐 동안의 보너스와 같았던 수학여행, 운동회 그리고 소풍!
학교마다 각각 시기가 달랐습니다.
나는 무거운 가방을 들고 학교를 가는데
내 친구는 소풍 간다고 '난리'를 떨어댑니다.
나는 중간고사 준비를 하느라 잠도 제대로 못 자고 눈이 퉁퉁
부은 채 학교에 가는데
친구는 운동회 날이라고 자랑을 해댑니다.

나는 내일 아침의 학교주변 청소 때문에 일찍 귀가해야 하는데
내 친구는 나에게 저녁 늦게까지 놀자고 합니다.
자기네 학교가 내일 개교기념일이라고!
나는 교무실 청소를 하러 일찍 학교에 가야 하는데
내 친구는 수학여행을 간다고 나의 심기를 건드립니다.

그렇죠?
가지 못하는 내 심정이 얼마나 아팠을까요?
하지만 나도 얼마 후에 내 친구의 심기를 그렇게 건드려 놓고
수학여행을 떠났습니다.

많은 사람들이 요즘 자신의 미래에 대해 불안해합니다.
많은 젊은이들이 인생을 출발하기도 전에
자신들의 미래를 어둡게 바라봅니다.

제3부
•
나만 울고 있는 줄 알았습니다

하지만 크게 걱정할 필요는 없습니다.

어차피 소풍이나 수학여행처럼 가긴 갑니다.

다만 먼저 가는 학교가 있고, 나중에 가는 학교가 있을 뿐이지요.

그리고 학교마다 소풍과 수학여행의 날짜와 장소가 다르듯

다른 사람과 나는 날짜와 목적지가 좀 다를 뿐입니다.

목적지에 가기는 모든 사람이 다 갑니다.

힘들고 두려우면 조급해집니다.

그럴 때마다

내가 가는 목적지에 도착할 수 있을지 확신하질 못합니다.

그러나 걱정 마세요.

가긴 갑니다, 목적지에.

두렵고 떨리고 불안할 때에는

목적지보단

차라리 가는 과정을 즐겨보세요.

시험을 준비하는 학생이나 젊은이라면

당신이 가장 많은 시간을 보내는 그곳을

아름답게 꾸며보는 것도 참 좋을 듯합니다.

목적지가 너무 멀면

기다리는 그 시간을 즐겨야 합니다.
목적지가 아직 먼 곳에 있다면
기다림을 기쁨으로 바꾸어야 합니다.
먼저 가면 먼저 내려와야 하는 게 인생의 규칙이라는 사실을
생각하면서요.

그래서 조급해하는 나 자신에게
이렇게 스스로를 위로하며 살았습니다.

"그래.
내 친구는 오늘 수학여행을 떠났지만
나는 아직 출발도 안 했잖아?
그는 이제 돌아올 날만 남았지만
나는 아직 출발할 날을 기다려.
누가 더 행복해?
내가 더 행복해!
늦게 가는 사람이 더 행복한 거야!"

내 친구가 개교기념일 아침에 늦잠을 잘 때에 나는 일찍 학교에
갔다고 했죠?
그러나 얼마 후, 아침 햇살이 참 예쁜 어느 날 아침에
나는 내 친구가 학교 가는 등 뒤에 대고

제3부
•
나만 울고 있는 줄 알았습니다

창가에서 이렇게 외쳤습니다.

"영숙아! 우리 학교, 오늘 개교기념일이다!

또 내일은 공휴일이고 모레는 일요일이라서 3일 동안 학교 안 가.

잘 다녀와."

인생이란

빨리 가든, 늦게 가든 목적지에 도달합니다.

하지만 빨리 가는 사람을 보고 마음이 조급해진다면

한 번 느긋이 생각해 보세요.

늦게 가는 사람에겐 기다림의 기쁨과

때늦은 만추의 국화를 감상하는 것 같은 행복도 함께 찾아온다는 걸

기억했으면 좋겠습니다.

걱정 마세요!

가긴 갈 테니까요.

보라야!

"조급해하지 마!

목적지만 바라보면 조급해진단다.

지금까지 너를 뒤에서 지켜본 결과,

네가 걸어간 길에는 A를 주고 싶어!

하지만 앞으로 경쟁이 더욱 거세어지는 건 피할 수 없는 흐름일 거야.

경쟁은 필연적으로 자신을 쪼그라들게 하고 조급하게 만들어 버린단

다.

그럴 때 기억해 둘 것이 있어.

'너 자신의 속도를 지켜 나가라' 는 부탁을 할게.

경쟁은 참 좋은 것이지만

자신의 속도를 '오버페이스'하게 만들지.

상대방을 잡으려고 상대방의 속도보다 더 빨리 달리려 하기 때문이

야.

하지만 모든 경쟁에서는

자기 속도를 지키지 않는 사람이 맨 먼저 탈락한다는 사실을

알았으면 해.

그래! 지금처럼 걸어가도록 해.

언젠간 원하던 목적지에 도달하게 되니까.

조급해하지 말고 너의 속도로 걸어가야 해.

오히려 늦게 가는 목적지엔 경쟁자도 없으니까

확신을 가지고 걸어가.

가끔은 목적지가 안개에 가려져 안 보일 때면

과정을 즐기기도 하면서 말이야!"

제3부
•
나만 울고 있는 줄 알았습니다

아버지를
따르지 않아
선왕이 된 사람

이스라엘에 한 왕이 있었습니다.

히스기야라는 왕입니다.

당시는 이스라엘이 지금의 한반도처럼 남과 북으로 분단되어 있었습니다.

그래서 남쪽을 남유다, 북쪽을 북이스라엘이라고 부르고 있었지요.

히스기야는 남쪽 유다 왕국의 왕이었습니다.

그는 남유다 역사상 탁월한 치적을 남긴 왕으로 평가를 받습니다.

나아가 남쪽 유다국에서 선한 왕들을 꼽으라면

바로 이 사람 히스기야가 세 손가락 안에 꼽힙니다.

그런데 참 이상합니다.
이렇게 선하고 리더십 있는 왕의 아버지 아하스가 엄청나게 포악한 왕이었던 것입니다.
히스기야 왕의 아버지 아하스는
남쪽 유다국의 가장 포악한 왕으로 꼽아도 손색이 없을 만큼 폭군이었습니다.

그런데도 이 악한 아버지에게서 어떻게 히스기야라는 선왕이 나올 수 있었을까요?
저는 그 부분을 깊이 생각해 보았습니다.
바로 틀을 깬다는 것이었습니다.

사람이란
자기가 자란 공동체와 가정의 영향을 가장 많이 받는 것이 당연합니다.
하지만 히스기야는 그 아버지의 영향을 거의 받질 않았습니다.
자신이 자라면서 내 아버지의 문제가 무엇인지,
내 아버지는 어떠한 잘못을 저질렀는지에 대해
고민하고 또 고민했을 것입니다.
그래서 아버지를 버릴 수는 없지만,

그 아버지의 영향력은 버리려고 발버둥 쳤을 것입니다.

틀을 깬다는 것!
많은 사람들은 자신이 보고 듣고 자란 그 토대 속에서 살아갑니다.
그것이 절대적인 진리라고 여기거나
아무 생각 없이 그렇게 살아갑니다.
만일 그렇게 했더라면
아마도 히스기야는 아버지를 닮은 그런 왕으로 기록되었을 것입니다.

내가 만난 사람들의 유형을 가만히 생각해 봅니다.
거의가 부모와 자녀들이 닮은꼴입니다.
부모님의 장점을 닮은 것은 참으로 좋은 것이고
유전적으로 닮는 것은 어쩔 수 없는 일입니다.
그렇지만 부모님들의 단점까지 그대로 답습되는 모습은 참으로
안타깝습니다.
그것은 가정 공동체의 편협한 영향력 때문이지요.

그러나 뛰어난 리더가 되고 싶다면
자신의 틀 안에 갇힌 편협한 사고를 뛰어넘어서
넓은 시야를 가지려고 애써야 합니다.

자기 가정과 자라난 공동체를 사랑하지만
그 가정과 공동체의 문제점이나 단점, 약점도 냉정하게 평가하
고 분석할 수 있어야 합니다.
그래야 고정된 틀을 깨고
넓은 세상과 마주할 수 있는 것입니다.

다시 히스기야 왕 이야기로 돌아가 보도록 하지요.
히스기야는 극악무도한 폭군이었던 아버지를 통해서
아버지의 가장 큰 문제점을 찾아낸 것입니다.
자신의 아버지를 답습한 것이 아니라,
환경적인 영향을 버리기 위해서
아버지가 가장 하지 않았던 것을 발견하고
아버지와는 정반대의 길을 걷게 되지요.
그것은 왕이 되기 전부터 그의 아버지를 닮으려 하지 않고
아버지가 저질렀던 악행에서 문제점을 찾아내려 한 것에서
비롯된 결과라고 생각합니다.

만일 뛰어난 리더로 남고 싶다면
자신이 자라온 환경적인 틀 속에서만, 우물 속에서만 진리로 인
정되는
사고의 틀을 깨고 나와야 합니다.
아버지와 정반대의 길을 걸었던 히스기야!

제3부
•
나만 울고 있는 줄 알았습니다

그는 이스라엘 역사에서 출중한 평가를 받았습니다.

아버지를 버리고,

아버지를 따르지 않고,

아버지를 감싸지 않고

냉정한 평가를 내렸던 히스기야!

아버지를 위대한 왕으로 포장하기 위해

백성들의 눈을 멀게 하지 않았던 히스기야!

결국 히스기야는 아버지가 흐려놓은 우물을 벗어나서

넓은 세상과 마주할 수 있었습니다.

오늘날의 리더들은 히스기야 왕을 한 번 돌아볼 필요가 있겠습니다.

보라야!

"오늘은

너를 둘러싼 껍질이 몇 겹이나 되는지 생각해 보았는가

묻고 싶구나.

환경의 껍질, 습관의 껍질, 자라온 가정 속에서 굳어진 껍질, 자신의

고집이 만든 껍질…

이런 많은 껍질을 깨고 나와야

편협한 리더가 되질 않는단다.

히스기야가 혈연의 울타리를 뛰어넘었듯

보라도 지난날의 울타리를 과감하게 뛰어넘길

뒤에서 응원하고 지켜볼게."

제3부
●
나만 울고 있는 줄 알았습니다

잠시
내 곁에 머물다
지나가는···

어떻게 살아야 할까?

어떻게 세상을 대하고 사물을 대하고 내 삶을 다루어야 할까?

많은 밤을 지새웠던 질문입니다.

그러다가 한 가지, 나만의 답을 내렸습니다.

"모든 것을 내 곁에 잠시 머물다 지나가는 것으로 여기자."

사랑하는 사람! 그리고 반려자!

그를 아무리 사랑한다 할지라도

그가 나 자신이 되진 않습니다.

내가 그를 아무리 사랑한다 해도

그와 함께 죽을 수 있다 해도

그 대신에 내가 죽을 순 없습니다.

그를 어떻게 생각해야 할까?

한순간 내 곁에 찾아온 가을 단풍입니다.

잠시 내 곁에 머물라고 신이 내게 주신 선물입니다.

고이 간직했다가

그를 돌려 달라 할 때에

예쁜 모습으로 돌려드려야 하겠지요?

자녀들!

누구에게도, 그 무엇과도 비할 수 없는 게 자식인가 봅니다.

그래서 자녀들이 잘되길 바라는 마음에서

자녀들을 야단치고 더 열심히 공부하게 하고

더 큰 꿈을 가지도록 다그치는 것 같습니다.

하지만 자녀들도 잠시 내게 맡겨주신 신의 선물입니다.

그래서 자녀는 내 것이 아니기에

자녀에게 지나치게 바라고 원한다는 것은 잘못된 생각입니다.

자녀는 내게 잠시 맡겨주신 선물입니다.

내가 사용할 선물이 아니라

내게 맡겨진 선물인 것입니다.

언젠가 그도 나처럼 자신의 삶을 살 때에
우리는 두말없이 그를 놓아주어야 합니다.
내 것이라고 생각할 때
욕심과 화냄과 섭섭함이 우리의 마음에 찾아듭니다.
자식은 소유권이 내게 있지 않습니다.
잠시 내게 맡겨진 위탁증만을 가지고 있을 뿐입니다.

돈!
돈만큼 사람들이 좋아하는 게 또 있을까요?
아마도 없을 겁니다.
그래서 사람들은 돈을 한 번 손에 쥐면
그 쥔 손을 절대 펼치려 하지 않습니다.
남에게 빼앗길까 봐 두렵기 때문이겠죠.
너무나 귀해서 말입니다.

하지만 돈이란 것도
잠시 내 곁에 머물다 가는 바람과 같은 것입니다.
그러나 우린 영원히 나의 것인 것처럼 그렇게 돈을 소유하려 합
니다.
사실은 이 세상에서 영원히 나의 것은 아무것도 없습니다.

다시 돌아봅니다.

사랑하는 사람도, 소중한 자녀도, 이 세상을 살아가는 데 가장 필요한 돈도

잠시 내 곁에 한시적으로 주어진 것들입니다.

이런 생각으로 모든 것을 바라볼 때에

욕심을 내지 않게 됩니다.

그리고 소중히 사용하게 됩니다.

또한 주어진 그 선물들을 언젠가는 돌려주어야 할 때가 온다는 걸 깨닫고

순간순간을 귀중하게 살아갈 수 있습니다.

보라야!

"만일 보라가 사랑을 한다면

그 상대를

하늘에서 주신 선물로 생각해야 해.

그러할 때에

그를 진정 사랑할 수 있게 된단다.

또한 조금 더 시간이 흘러서 보라에게 소중한 2세가 태어난다면

그 또한 하늘에서 잠시 맡겨준 선물보따리로 여겨야 해.

제3부
•
나만 울고 있는 줄 알았습니다

그래야만

자녀를 통해 내 꿈과 욕심을 이루게 하려고 애쓰지 않게 된단다.

마지막으로 큰돈이 주어진다면

그것이야말로 내 것이 아니기에

잠시 후에 사라질 아침 안개쯤으로 여겨주었으면 고맙겠어.

아침 안개와 같은 돈이 다시 가야 할 곳을 찾아 떠나기 전에

좀 더 소중한 일들을 위해 사용해.

그러할 때에

그 돈은 좀 더 보라 곁에 머물게 될 거야.

네가 하고 있는 많은 좋은 일들,

그것이 언젠가 보라에게 더 많은 선물을 안겨줄 거라

나는 믿는다.

힘내라!"

체했을 때는
        어떻게 하나요?

왜 체하는지

나는 의학적 지식으로 설명하진 못합니다.

많은 사람들이 음식을 먹고 체하는 모습만을 자주 볼 뿐입니다.

왜 체하는지는 잘 모르지만,

많이 먹어도 체할 수 있고

허겁지겁 급하게 먹다가 체할 수도 있는 것 같아요.

그렇지만 아는 게 한 가지 있어요.

체했을 때엔 덜 먹는 것이 약이 된다는 것을요.

제3부
•
나만 울고 있는 줄 알았습니다

그런 것 같아요.

많이 먹으면 행복해질 것 같지만

위에 음식이 너무 많이 채워지면 힘만 들어요.

많이 먹으면 편안해질 것 같지만

속이 좀 비었을 때가 편한 것 같아요.

꿈도 크면 사람을 체하게 만듭니다.

욕심도,

경쟁심도,

지지 않으려는 승부욕도

적당히 채워져 있을 때가 예쁘고 아름답게 비추어진답니다.

행복하고 편안한 순간을 맛보고 싶으신가요?

욕심의 주머니를 조금 줄여보세요.

이상하게도 편안함과 행복이라는 것을 처음 맛보게 될 것입니
다.

지금 아무리 열심히 살아도

행복과 만족감이 없다면

지금 당신은 욕망에 의해서 인생이 체한 것입니다.

그렇다면 즉시 욕망을 조금만 줄여보세요.

덜 먹은 사람의 속이 편안하듯

욕망을 줄이는 순간
당신의 삶은 훨씬 더 편안해질 것입니다.

보라야!
"무엇을 계획하며 살되
넘치지 않을 만큼만 했으면 좋겠구나.
지나침은 부족함보다 못하다는 거 잘 알지?
열심히 그리고 최선을 다해서 목표를 향해 달려가되
약간 부족한 그때가 만족을 느낄 수 있는 지점이란 걸 알았으면 좋
겠어.
욕망이 너무 크면
아무리 먹어도 허기가 진다는 것…
오늘 밤 그걸 꼭 전해주고 싶었다."

제3부
•
나만 울고 있는 줄 알았습니다

욕하지 마!
당신도 그럴지 몰라

어떤 신사가 벽난로 앞의 안락의자에 앉아서
신문을 읽고 있었습니다.
그러다가 갑자기 화가 난 듯
입에 물고 있던 파이프로 신문을 세차게 내리칩니다.

"원, 세상 참!
자기가 가진 게 없으면 남의 것을 탐내지나 말아야지.
저런 놈들은 전부 감옥에 처넣어 버려야 돼.
우리나라는 법이 너무 약해.
그래서 도둑놈들이 저렇게 자꾸 늘어난다니까…"

이 부유한 신사는 한 번도 남의 것을 훔친 적도 없고
남의 것을 탐한 적도 없었습니다.
게다가 한 번도 남의 것을 빌리지도
또 남에게 빌려주거나 도움을 준 적도 없이 살아온 그런 사람이
었습니다.
벽난로 앞에서 이 신사가 읽던 신문 기사는
수감생활을 마치고 나온 며칠 뒤, 배가 고파 상점에서 먹을 것
을 훔치다가 다시 구속된
한 사람의 사건을 다룬 내용이었습니다.

과연 벽난로 앞의 그 신사가
이 사람을 욕하고 이 사건을 비판할 자격이 있을까요?

그렇지 않아요.

하지 말라는 것을 안 했다고 해서
그 신사가 칭찬받을 사람이고,
누군가를 판단하고 비판할 자격이 있는 건 아닙니다.
어쩌면 하라는 의무를 다하지 못한 것을
비판받아야 하는지도 모릅니다.

우리는 인간 약속의 최소한의 규정인
'하지 말아야 할 것'을 지켰다 해서
그것을 선한 행위라고 자만해서는 안 됩니다.
'해야 한다'는
인간 약속의 보이지 않는 규칙을 행하지 못했던 것도
부끄러워해야 할 것 같습니다.

생각해 봅니다.
우리 사회는
배우자가 아닌 사람을 사랑하는 것을 불륜이라며 지탄합니다.
하지만 사랑해야 할 배우자를 사랑하지 못하는 건 칭찬할 일일
까요?
나는 무엇을 칭찬하고 무엇을 지적할 위치에 있지도 않으며, 또
그럴 맘도 없습니다.
다만 '해야 할 것들'을 하지 못하면서도
'하지 말아야 할 것들'을 안 했다고 칭찬받을 수 없고,
당당하게 누군가를 질타할 자격은 없다는 이야기를 하고 싶은
것입니다.

당신이 다른 사람을 사랑하지 않는다 해서
당신의 배우자에게 당당할 수는 없습니다.
당신의 배우자를 그 누구보다 사랑할 때에

당신은 진정 당당할 수 있는 것입니다.

우리는 누군가를 판단하고 지적하고 싶을 때
한 번만 더 생각해 봤으면 좋겠습니다.
'나도 그런 사람이 아닐까'하고 말입니다.

보라야!
"나는 보라가 누구에게나
참 괜찮은 사람이란 소릴 듣길 원해.
이 세상을 떠날 때, 많은 사람에게 '눈물꽃'을 받고 떠나는
그런 사람이 되길 기도한단다.
보라야!
누군가를 판단하고 평가하고 비판할 때가 온다면
잠시만 보류하고
자신을 한 번 돌아봤으면 좋겠어.
내가 누군가를 비판할 그런 온전한 사람인가를 말이야.
무거운 부탁을 해서 미안해."

제3부
•
나만 울고 있는 줄 알았습니다

진통제 그거?
　　　　　그리 좋은 거
아니야!

난 병원 출입이나 수술 경험이 많은 사람입니다.
그래서 진통제가 얼마나 좋은지도 잘 알고 있습니다.
제가 예전에 수술을 받을 때,
진통제를 찾지 말고 웬만하면 참으라던
간호사 선생님들의 말씀이 기억납니다.
그래도 수술 후의 첫날은 도저히 참을 수 없어서
진통제를 놔달라고 볶아치곤 했었습니다.

진통제가 내 몸에 들어오자마자
정말 언제 그랬냐는 듯 아픈 통증이 사라져서

다시 잠이 들곤 했습니다.
하지만 진통제는 순간뿐이었어요.
그렇게 고통과 통증이 사라졌으면 얼마나 좋았을까요?

진통제가 치료제가 아닌 것을 알면서도
그렇게 수술 후 며칠 동안은 간호사실에 콜을 수시로 했던 기억이
여전히 남아 있습니다.

이 시대를 사는 우리들은
설령 육체는 멀쩡할지라도
마음의 병을 앓는 환자일지 모릅니다.
그런데 마음에 병이 든 우리들도
육체의 수술 후에 잠시 통증을 잊게 하는 진통제처럼
잠시의 '위로제'를 계속 찾고 있는 건 아닌가 생각해 봅니다.

육체든 마음이든 근본적인 치료를 위해서는
진통제가 아닌 치료제가 필요합니다.

물론 나도 마음에 상처를 입어 암울해 있을 때엔
'위로제'가 절실히 필요합니다.
하지만 그 '위로제'는 진통제와 같아서 순간만을 넘기게 해준답

니다.

그럼 어찌해야 할까요?

마음을 낫게 하기 위해선 치료제를 찾아야 합니다.

감정과 감각을 건드려서 그 순간을 잊게 하는 '위로제'라는 약과 함께

자신의 아픔의 원인과 해법을 가지고

행동하도록 하는 치료제가 필요합니다.

가끔은 위로는 안 되지만

나 자신의 현재를 정확히 진단해 줄 수 있는 치료제 같은 사람이

우리의 옆에 있어야 합니다.

그 사람이 우리의 의사이고

우리에게 치료제가 되는 것 같아요.

보라야!

"가끔은 부끄러울 만큼 너의 현재를 아프게 찔러주는

그 사람에게 감사해야 해.

그 사람이 너를 치료하는 의사란다.

진통제도 필요하겠지만

이젠 치료제를 찾을 수 있는 현명한 네가 되었으면 좋겠다."

제4부

나만 아픈 줄 알았습니다

나만 아픈 줄 알았습니다.

나만 병들고
나만 아픈 줄 알았습니다.

내 곁에 있는 한 사람은
모든 사람을 미워합니다.

그를 통해서
그도 마음이 아픈
그런 병든 사람임을
알았습니다.

진짜란?
　　　그리고 원조란?

지난날 우리나라도

남의 나라 것을 복제 잘하는 나라로 유명했었습니다.

지금은 그 명성을 다른 나라에 넘겨준 것 같습니다만

아직도 진짜보다 더 진짜인 제품을 만들려다가

법의 처벌을 받는 뉴스들이 간혹 들려오곤 합니다.

진짜란 무엇일까요?

명품이란 무엇일까요?

세상에서 가장 잘 만들어진 것을 부를 때에 명품이라 하는 건가요?

그것을 진짜라고 해야 할까요?

아닙니다.

명품을 만드는 회사나 명인이 직접 만든 것을 명품이라고 합니다.

어쩌면 그 명품을 흉내 내어 만든 물건이 더 좋을 수도 있겠습니다.

하지만 그것을 흉내 내어 만든 물건을 명품이라 하지는 않습니다.

속된 말로 '짝퉁'이라고 하는 물건이 명품보다 더 좋을 수도 있는 것입니다.

그러나 아무리 좋다고 해서 '짝퉁'을 명품으로 인정하지는 않습니다.

특정한 음식만을 파는 음식점들로 빼곡히 들어찬 곳이
여러 곳 있습니다.
그곳에 가면 동일한 음식만을 파는 식당들이 가득합니다.
지금은 많이 줄었습니다만,
언젠가 어느 지역을 들른 적이 있었는데
많은 간판에 '원조'나 '진짜'라는 말을 상호 앞에 붙여 놓았더군요.

제4부
·
나만 아픈 줄 알았습니다

도대체 어느 곳이 진짜고, 어느 곳이 원조인지….

그래요.
아무리 진짜보다 잘 만들었다 해도
가짜가 진짜가 되진 않습니다.
아무리 명품을 흉내 내어서 더 좋은 재료로 더 튼튼하게 만든다 해도
그것을 명품이라 하지 않고 가짜라 합니다.

나는 생각합니다.
지금 나는 어떤 명품 인생을 모방하고
그 명품 인생과 같아지려다가 명품을 모방한 가짜가 아닌지를 말입니다.

우리 모두에겐 자신만의 인생길이 있습니다.
그걸 알면서도 우리는
어떤 명품 인생을 부러워하고 따라가려다가
명품도 그리고 속된 말로 '짝퉁'도 아닌 인생을 만들어 버렸는지도 모릅니다.

이제 나는 내 인생의 명품을 만들려 합니다.
지금까지 명품 인생을 따라가던 그 길에서 돌아서려 합니다.

그냥 주어진 내 길을 걸어가다가
내가 만든 인생의 명품을 남기고
하늘의 부름을 받으려 합니다.

진짜란? 그리고 원조란?
바로 우리가 남의 길을 따라가지 않을 때
우리 모두는 명품이 되는 것 같습니다.

보라야!
"흉내를 내는 것, 따라가고 싶은 것은
너의 인생에 동기를 부여한다는 면에서는 참 좋은 거란다.
난 모방과 흉내를 나쁘다고 하진 않아.
하지만 한참을 걸어가다가 문득 돌아볼 때에
보라는 없고
누군가를 닮은 네가 서 있다면
그건 참 슬픈 일이지 않겠니?
그때 보라의 소유 정도에 관계없이 보라는 행복하지 않을지도 몰라.
너는 오직 너의 길을 걸어가야만 해.
성공의 높낮이에 관계없이 너의 길을 가야
기쁨과 행복이란 걸 알게 된단다.
아마 보라가 태어나기도 전일 거야.

부모님 세대에 아주 노래를 잘하던 가수 한 분이 있어.

임희숙이라는 가수이지.

그분의 노래 중 <잊혀진 여인>이라는 노래 가사에 이런 구절이 있단다.

'긴 잠에서 깨어 보니

세상이 온통 낯설고

아무도 내 이름을 불러주는 이 없어

나도 내가 아닌 듯해라

…

누군가 말을 해다오

내가 왜 여기 서 있는지…'

그래.

내가 어디로 향하고 있는지도 모르고

그저 열심히만 걷고 있을 때

이 노래를 듣고 나서

내가 내 길을 가고 있는지 돌아보는 계기가 되었단다.

남의 길을 따라가다가

언젠가 자신을 돌아볼 때에

내가 무엇을 해왔고 무엇을 위해 살았는지,

아니면 내가 왜 여기 서 있는지
알 수 없을 그날이 오기 전에
너의 길을 가야 해!
명품은 흉내 내는 것이 아니라
자기 길을 갈 때에 비로소 탄생하는 것이란다."

기러기

어떤 TV 방송에서
한 정치인이 홈페이지를 통해
초등학생에게 받은 편지를 소개하며
자기 내면의 깊은 숙고를 표현한 것을 보았습니다.

나는 그 편지의 전문을 찾아서 읽어보았습니다.
한 어린 학생이 기러기의 생태를 배우고 난 후에
'이런 국회의원이 되어주세요'라는 주제로 쓴 편지였는데,
많은 생각을 하게 만들더군요.

기러기!

기러기는 먹이를 찾아서 무려 4만 킬로미터를 날아간답니다.

그런데 그 여행 중

한 기러기가 사냥꾼의 총에 맞아 대열에서 낙오하게 되면

두어 마리의 기러기가 낙오된 기러기 옆에서

그가 회복하거나, 아니면 생명을 다하는 것을 보고 난 후에

다시 날기 시작한다는 것입니다.

또한 리더가 되는 기러기는 전체 기러기들에게 약 7%의 힘을

준답니다.

그 학생은 그런 기러기 같은 정치인을, 국회의원을, 지도자를 꿈

꾸었을 것입니다.

이 시대가 진정 잃어가는 것들을 생각해 보고 싶습니다.

이 시대가 가장 잃어가는 것은 사랑입니다.

아니, 어쩌면 이미 다 잃어버렸는지도 모를 일이지요.

기러기도 동료의 죽음 앞에서 그를 끝까지 지키는데

우린 인간애가 너무 상실되어 가는 것 같아 마음이 아픕니다.

입양을 할 때 건강한 유아를 원한다는 건

상식적인 사실이라 두말할 필요도 없겠지요.

그러나 해외 선진국들에서는

태생적인 장애를 가진 아이들, 병을 앓고 있는 아이들일지라도

기쁘게 받아들이는 것을 다들 한 번쯤은 듣고 보았을 것입니다.

게다가 얼마 전 인터넷 기사에는
버려진 강아지들이나 집 잃은 강아지들도 예쁠수록 새 주인을 만나기가 쉽다는
웃지 않을 수 없는 내용이 올라왔습니다.
외모지상주의가 사람들만이 아니라 유기견들의 세계에도 통용되고 있으니 말입니다.

우리나라의 국민소득이 곧 3만 달러에 이를 거라고 나는 믿고 싶습니다.
지도자들이 그렇게 외치고 있으니까요.
하지만 그것은 수치에 불과합니다.
아무리 국민소득이 5만 달러가 된다 해도
사랑이 없으면
굶주린 사람들, 외로운 사람들이 더욱 많아질 테니까요.

사랑!
그것은 내가 누군가와 무엇을 통해서 행복해지는 것이 아닙니다.
누군가와 무엇을 통해서 받는 사랑은
받지 않으면 사라지는 일시적인 사랑입니다.

나를 통해서 그가 행복해질 때 느낄 수 있는 것이 인간의 최고 감정이 아닐까 합니다.

사랑은 그런 것 같습니다.

그래서 사랑은 수고와 노력이 꼭 수반되어야 합니다.

내가 수고할수록 누군가는 행복해집니다.

아프고 병든 아이들을 위해 내가 조금 더 수고할 때

그 병든 아이는 조금씩 더 행복해지니까요.

우리 사회는 그냥 이렇게 병들어 가야 할까요?

보라야!

"마음이 굳어진 나는

다시 돌아가기엔 너무 길들여진 것 같구나!

더 주고 싶어도 받을 상처가 두렵고

수고하는 사랑이 너무 힘이 든단다.

보라야!

너는 이렇게 살아주었으면 좋겠어.

네 인생의 7%만이라도 누군가를 위해 사용하도록 해봐.

그리고 시대에 뒤처지고 고통 받는 그러한 사람들을 잊지 않는 리더

가 되었으면 한단다.

제4부
•
나만 아픈 줄 알았습니다

혹시나 훗날 많은 멤버들의 위에 선다면

하루에 한 번씩

그 멤버들이 돌아간 빈자리에 앉아봐.

그들이 앉았던 자리에 앉아보질 않으면

그들의 아픔과 힘든 고통을 알 수가 없단다.

무거운 부탁이지?

어쩌면 이 원칙이 훗날 너를 시대에 가장 빛나게 해줄지도 모른단다.

기러기처럼 살아줄 거지?"

잃어가는 것들
            그리고
잃어버린 것들

제가 후배와 후학들, 제자들에게든 어떤 공동체에서든
반복해서 전하는 주제가 있어요.
시대를 앞서가지 않는 촌스러운 사람도 있어야 한다는 것이 그
내용입니다.

나는 우리나라가 참 좋은 나라요,
우리 국민들이 정말 좋은 국민들이라고 생각해요.
하지만 조금 아쉬운 게 있답니다.
뭐랄까, '쏠림 현상'이라고나 할까
그런 경향이 강하다는 것이 그것입니다.

제4부
•
나만 아픈 줄 알았습니다

획일적이면서 전체를 따라가는 속도가 너무 빠르다는 게 아쉽습니다.

내 마음을 더 표현해 볼게요.

우리나라는 지금 우리의 것을 거의 버려가고 있습니다.

생각해 봅니다.

일본이라는 나라는 참 밉기도 하지만

부정하기엔 얄미울 만큼 좋은 점도 가지고 있습니다.

신칸센(신간선)이라는 고속철도는 이미 우리나라보다 앞서 일본을 달리고 있습니다.

하지만 1백년 이전에 놓았던 오랜 기차선로 위에서도

우리나라 같으면 이미 폐기 처분했을 고물 기차가 아직도 달리고 있습니다.

그들은 막대한 손해를 감수하면서도

그렇게 옛 모습을 함께 지켜나갑니다.

하지만 우린 새로운 것이 나타나면

옛 것은 거의 흔적도 없이 사라지지요.

춘천으로 가는 길!

대학생 시절, 기타 하나 둘러메고 기차에 몸을 실었던

그 철로엔 지금은 자전거가 달리고 있습니다.

그것도 아주 간혹….

제가 아날로그적 옛 감성으로만 이런 말을 하는 건 아닙니다.
그럴 만한 이유가 다 있겠지요?

제가 어릴 적엔 전통혼례식이 많이 치러졌었습니다.
하지만 지금은 어느 곳에서도 그 모습을 볼 수가 없습니다.

또 거의 사라져 버린 것 중의 하나가 장례식에 관한 것입니다.
1990년대까지만 해도 집이나 골목에서도, 아파트에서도 장례를
행하곤 했지요.
이젠 시골에서도 으레 장례식장으로 가지요.
많은 사람들에게 참 편리하고 좋은 방법입니다.
하지만 나는 그것이 '옳다 그르다'를 말하는 것이 아닙니다.

그냥 모두가 다 그렇게 따를 때에
그렇지 않은 모습들이라도 기이하고 시대에 뒤떨어진 것으로
보지 않는
그런 문화가 우리에게는 있어야 합니다.

음…
요즘 세대들은
병에 시달리는 부모님을 직접 모시는 경우가 그리 많지 않은 것

제4부
·
나만 아픈 줄 알았습니다

같습니다.

그만큼 사회가 복잡다단해지고 분주해져서

지난날처럼 걷는 것이 아니라 뛰어야 하는 시대이기에

사회를 움직이는 주축세대들은 자신의 일에 매달릴 수밖에 없을 겁니다.

그런데 지금 우리나라는 복지혜택의 발전으로

많은 부모님들이 요양원이나 요양병원 등에서 돌봄을 받고 있습니다.

부모님들이나 자녀들 모두에게 큰 힘이 되는 것은 사실입니다.

저는 10년, 20년 후를 생각해 봅니다.

지난 10년이 노인들의 마지막을 이렇게 이끌고 있다면

이제부터 10년 후쯤이나, 지금의 자녀들이 노인이 될 무렵엔

아마도 집에서 보살핌을 받는 노인들은 거의 없을 것 같습니다.

물론 지극히 개인적인 생각입니다.

이렇듯 우리 사회에는 '쏠림 현상'이 강하게 작용하는 것 같습니다.

나는 유럽 국가들의 모습을 보며 많은 생각을 합니다.

몇 백 년 전의 건축물들에 아직 사람들이 버젓이 살고 있고

또 저 건너편엔 현대식 아파트가 공존하는 모습을 말입니다.

다양한 모습들이 함께 어우러지는 그런 사회가 우리 사회였으

면 좋겠습니다.

　그냥 이렇게 사는 우리가 되었으면 좋겠어요.
　아주 높은 고급 아파트 옆에 초가집을 짓고 살아도 고급 아파트
를 부러워하지 않고,
　또 고급 아파트에 살아도 초가집을 가난의 결과로 보지 않는
　그런 사회를 말입니다.
　전체를 따르는 부류와
　자신의 모습을 지키며 살아가는 그런 두 부류가
　그렇게 공존하는 세상을 그려봅니다.

보라야!
"전체의 흐름을 따라는 가야 하겠지만
너를 잃지 않는 삶을 설계해 보면 어떨까?
지금은 시대를 앞서가는 사람이 성공을 한다지만
언젠가는 분명히 올 거야.
고집스러운 촌스러움이 대접받는 세상이 말이야.
그렇다고 머리 기르고 비녀 꼽고 다니라는 말은 절대 아니야."

하늘이
맺어준 커플은?

대학생들이나 청년들과 함께 이야기를 나누는 자리에 앉아보면
옆에 앉은 남녀가 다른 사람으로 바뀌었다는 것쯤은
경험상 금방 알게 됩니다.
즉, 헤어지고 서로 다른 파트너를 만난 것이지요.

나는 남녀가 헤어지는 데 있어서 한 가지 규칙을 발견하게 되었
습니다.
물론 표본 집단의 수가 적어서
통계오차의 한계가 크다는 것을 말씀드립니다.
그냥 가볍게 웃고 지나가자는 말씀이에요.

한 번도 싸우지 않고,

서로의 입에 먹을 것을 넣어주고,

눈빛만 보아도 서로 알 수 있는 그런 사람들을 우리는 부러워합니다.

그런데 내 경험상으론 한 번도 싸우지 않는 커플은

한 번의 싸움으로 서로 돌아서고 헤어지고 말더라구요.

싸움도 연습인데,

이 커플은 싸움을 이별의 신호로 여기는 겁니다.

반면에 평생토록 싸우다가 세월을 다 보낸 우리 부모님들은 천생연분입니다.

그렇게 싸워도 헤어지지 않고 몇 십 년을 살아온 것,

그것은 천생연분,

하늘이 맺어준 연인이요 인연이라는 증거죠.

그래서 나는 이렇게 생각합니다.

너무나 완벽한 부부보다는

싸우면 곧 끝을 볼 것 같고,

부부가 아니라 원수처럼 살면서도 헤어지지 못하고 증손까지 보며 아직도 싸우고 있는

이 시대의 할머니 할아버지들, 아버지 어머니들이

진정한 천생연분 같습니다.

제4부
·
나만 아픈 줄 알았습니다

하늘이 갈라놓지 않아서 못 헤어진 거니까요.

음…
지금 당신 옆에 있는 사람과 죽도록 싸우신다면
그거 아주 좋은 현상입니다.
천생연분인 겁니다.

지치도록 싸우세요.
힘없으면 그 싸움도 휴전을 하게 됩니다.
그게 싸우는 거보다 더 슬프답니다.
싸우세요.
싸움도 연습이어서
언젠가 긴 휴전을 하는 지혜도 생기니까요.

보라야!
"우린 자신의 상태를 진공상태나 무균상태가 되어야
깨끗하다고 여기고 있어.
하지만 그건 아주 위험해.
때론 미세먼지도 매연도 세균도 조금은 맛보아야 건강해지고
견디는 힘이 강해지거든.
인간관계나 공동체에서 밀고 당기는 신경전을 벌이는 게 싫다고 그

관계를 끊어버리면

인간이 존재할 곳은 아무 곳도 없단다.

그런 긴장감이 있어야 발전하게 되고

조직은 성장하고 개인은 강해진단다.

보라야!

스트레스도 잘만 받으면 너에게 귀한 에너지가 된단다."

못난이를
위한 위로

다큐 프로그램을 잠시 보았습니다.

울진 금강송 군락지에서

숲 해설가 한 분이 가장 오래된 금강송 이야기를 소개하더군요.

1480년 조선 성종 때에 심은 이 소나무가

가장 오래된 귀한 나무로 인정된 이유에 대한 설명을 듣고

많은 생각을 해보았습니다.

원래 소나무는 곧게 뻗은 나무가 인정을 받고, 또 귀하기도 합
니다.

그래야 목재로서의 가치가 있으니까요.
하지만 이 금강송은 굽을 대로 굽었고 휠 대로 휘어진 그런 나무였습니다.

일본 제국주의 시대에
우리 금강송이 수없이 베임을 당할 때에
이 나무는 견뎌냈답니다.
그 이유는
목재의 가치로 따진다면 0점이었기 때문입니다.
결국 자격미달로 선택도 받지 못했던 것입니다.
그 못남 덕분에 결국은 살아남아서
가장 아름다운 금강송이 된 것입니다.

그래요.
이 이야기 속에서 나는 많은 생각을 가슴에 남겨두었습니다.
비록 오늘 쓰임을 못 받고 인정받지 못한다 해도
언젠가 나 자신의 소중한 면이 빛을 발할 때가 있다는
용기와 위로도 얻었습니다.

오늘의 이 사회는 능력을 중시하고 학력을 최고로 떠받들지만
언젠가는 우리 안에 있는 아름다운 내면이 평가받을 날이 오겠지요?

제4부
•
나만 아픈 줄 알았습니다

용기를 내야겠죠?

비록 목재의 가치로는 0점이었지만

예술과 미적 가치로는 최고로 인정받은 이 금강송처럼 말이에요.

오늘의 내 부족함과 못남이

언젠가 세상에서 최고로 평가받을 그날을 꿈꾸어 봅니다.

우리 모두 그렇게 꿈꾸며 오늘을 견디어 보자구요.

보라야!

"위를 보니 오를 곳이 너무 높고,

앞을 보니 가야 할 곳이 너무 멀리 있지?

내 위치를 보니 수많은 경쟁자들이 먼저 달리고 있고

너는 맨 뒤에서 느림보 거북이처럼 기어가고 있지?

하지만 걱정 마!

TV에 나오는 많은 연예인들을 봐!

늘그막에도 역동적으로 활동하는 분들 중엔

젊어서는 금강송처럼 외면받았지만

세월이 많이 흐른 후에는 쓰임 받고 인정받고 사랑받는

연예인들도 많잖아?

먼저 출발했다고 꼭 먼저 결승선에 선착하는 건 아니야.

그래서 인생은 마지막까지 달려봐야 아는 거란다.

용기를 내.

아, 참! 보라는 어떤 면이 가장 '못난' 모습일까?"

제4부
•
나만 아픈 줄 알았습니다

풀고 지나가자고?

아니야,

그냥!

사람과의 꼬인 관계처럼

힘들고 풀기 어려운 숙제도 없을 것입니다.

사람 사이의 감정의 꼬임은 법으로 풀 문제도 아니요,

심판자를 세운다 해서 풀 수 있는 것도 아닙니다.

사실 서로가 다 옳다고 여기지만

어느 한쪽의 잘못만으로는 인간관계가 꼬이질 않습니다.

또 사람 사이에는 껄끄러운 일들도 많이 일어나고

참 속상하고 생각하기 싫은 일들도 많이 일어납니다.

그때 우리는 흔히 이렇게 생각합니다.

'그래, 만나서 그때의 일을 서로 이야기해 보자.
그래서 풀 건 풀고 잘못한 건 인정하고 그렇게 해보자.'

하지만 인간의 마음은 그렇게 넓지 않습니다.
누군가 그랬죠?
사람의 마음이란 어떨 땐 바늘 하나조차 심을 공간이 없다구요.
속이 좀 더 깊은 사람은 있어도
마음이 넓은 사람은 드문 것 같습니다.

상처 '딱지'를 빨리 떼면 피가 나오듯,
섣불리 풀려는 매듭은 더 꼬이게 만듭니다.

제가 중학교 들어갈 때 받은 선물이 시계와 만년필이었습니다.
그땐 그랬습니다.
만년필로 영어 알파벳 필기체를 연습했으니까요.
그 중에서 만년필은
잉크를 가지고 다니다가 보충해야 하는 귀찮음이 있었습니다.
태생적으로 어설프고 실수를 달고 다니던 내게
만년필에 잉크를 넣는다는 건 참으로 힘든 일이었습니다.
교복, 손, 책상, 교과서… 가릴 것 없이
잉크를 쏟지 않은 곳이 없었으니까요.
사용한 잉크보단 쏟아버린 잉크가 더 많았습니다.

제4부
•
나만 아픈 줄 알았습니다

한 번은 잉크를 손에 엎지르고 말았습니다.

일단 만년필에 잉크를 다 채운 후에 손을 닦았습니다.

그리고 공부를 다 한 후에 손을 씻었습니다.

이미 착색이 되어서인지 물에 씻기질 않았습니다.

그래서 때밀이 수건으로 힘차게 밀고 또 밀었습니다.

하지만 잉크의 흔적은 지워지지 않은 채 피멍만 들고 말았습니다.

또 엄마가 치실 야단이 떠올라서 덜컥 겁이 났습니다.

잉크가 쏟아져 시퍼렇게 변해버린 손과

때밀이 수건으로 인한 피멍 가운데

어떤 것이 덜 야단을 맞았을 것인가를 생각하며 후회했습니다.

차라리 그냥 놓아두기나 할 것을!

잉크 쏟은 것만 가지고 야단을 맞는다면 덜렁댄다는 이유 하나 뿐일 텐데…

이젠 야단 거리가 하나 더 늘었던 것이지요.

인간관계의 꼬임도 다르질 않습니다.

섣불리 풀려고 하지 마세요.

그냥 시간이 흘러서 씻기고 또 씻겨서

자연스럽게 흐려질 때까지 그냥 놓아두는 겁니다.

아직 잉크 자국이 시퍼런데도 그것을 지우려 한다면
틀림없이 피멍이 들고 말 테니까요.

그냥 놓아두세요, 아주 흐려질 때까지.
그냥 놓아두세요, 매듭이 저절로 헐거워질 때까지요.

보라야!
"가끔은 사람과의 매듭을 빨리 풀려 하다가
더 꼬일 때가 있어.
어색함도 좀 있어야 해.
불편한 시간도 좀 가져야 해.
사람관계란 그런 거야.
그렇게 시간이 흐르다 보면
어색함도 불편함도 속상함도
연해지고 다 사라질 때가 있지.
그때까지 그냥 그렇게 풀지 말고 놓아둬.
그게 매듭을 푸는 더 좋은 방법이기도 하단다."

얼마나
더…

'지금 당장'이란 말이

이 시대 우리를 대표하는 유행어라고 생각해요.

뭐든 '지금 당장' 하질 못하면 속병이 생기는 우리들 아닌가요?

그래서 그 '지금 당장' 덕분에 우리나라의 사후서비스가 가장
빨라지게 된 것 같습니다.

'지금 당장'이라는 우리의 급한 성격은

'당일 배송' '다음날 도착'이라는 놀라운 속도의 배송 문화도 만
들어 냈습니다.

하지만 그 정도만으로는 우리의 '지금 당장' 성격을 만족시키지

못했습니다.

그래서 나온 문화가 '방문 수령'입니다.

구입신청하고 난 후에 판매처로 달려가서 받아 오는 것을 말합니다.

어휴…

이처럼 빠른 배송 문화를 널리 자랑해야 할까요?

오히려 느긋이 기다리지 못하는 문화로

조금은 부끄러워해야 할 것도 같습니다.

'1주일 안에'라는 말은 옛말이 되었습니다.

'3~4일 안에'라는 말도 옛이야기입니다.

'다음날 배송'도 옛말입니다.

이젠 '당일 배송'이나 '당일 방문 수령' 정도는 되어야 우리의 급한 성격을 채울 만합니다.

얼마나 더 급해져야 할까요?

보라야!

"조금만 늦추도록 해! 속도를 말이야.

급하다 해서 때 이른 과일을 딴다면

제4부
•
나만 아픈 줄 알았습니다

단맛보단 떫은맛밖엔 나질 않아.
인생에서 너무 빨리 열매를 따게 되면
풋과일을 딸 수밖에 없거든.
급하게 목표를 따려 하지 마!
풋과일일 뿐이니까."

가깝다는
이유로!

내가 살고 있는 곳은
잠시만 시간을 내면
마음을 비우거나, 마음을 달랠 좋은 곳들이 많이 있는
행복한 곳입니다.
한강과 팔당댐도 가깝습니다.
양평과 양수리도 손에 닿을 듯한 곳에 있습니다.
유명한 산성도 또한 가까운 곳에 있습니다.

지난여름은 정말 바쁘게 살았습니다.
그렇게 가을은 찾아왔습니다.

제4부
•
나만 아픈 줄 알았습니다

여름이 아니라

바쁨이 내게서 뒤로 물러날 즈음에

가을은 내게 찾아왔습니다.

휴식이 필요했습니다.

주변에 가볼 곳이 그렇게 많은 곳에 살면서도

그곳을 실제로 찾았던 적은

손가락으로 헤아릴 만큼도 못 되는 것 같습니다.

그러면서도 마음속으로는 늘 다른 곳을 그리워하고 있었습니다.

왜 그럴까요?

가깝다는 이유로 귀중함을 잊고 있었습니다.

올 가을, 내 주변에 있는 그곳으로 수많은 사람들이 찾아왔습니다.

나만 그 귀함을 잊고 있었던 것입니다.

익숙하다는 이유로,

친하다는 이유로,

가깝다는 이유로,

늘 그 자리에 있다는 이유로….

소중함을 잊고 사는 우리의 오늘을 찾았으면 합니다.

보라야!

"정말 소중한 것은 가장 가까운 곳에 있단다.

먼 곳에 있는 것은 남의 것일 수 있어.

남한강변에 살면서 부산 해운대만을 그리고 산다면

슬픈 일이겠지?

가까운 곳에

얼마나 많은 소중한 것들이 숨겨져 있는지

오늘 하루만이라도 찾아보았으면 해."

제4부
·
나만 아픈 줄 알았습니다

마지막
한 걸음은…

헤르만 헤세의 시에 이런 구절이 있습니다.
"마지막 한 걸음은 나 홀로 디뎌야 합니다."
참 서글프고 외로운 말이지요?

저는 많은 사람들의 임종을 지켜보았습니다.
그 마지막 모습 속에서
죽음이라는 인간의 마지막 관문을 통과할 땐
그 누구도 함께 할 수 없다는 것을 눈물로 깨달았습니다.

비단 죽음의 관문만이 아닙니다.

이 세상을 산다는 건
참 힘든 산맥을 넘는 것과도 같습니다.
결국 실패의 순간에도,
성공의 일보 직전에도
우리의 마지막 한 걸음만은 누구에게 기댈 수도, 의지할 수도
없는
그런 홀로 가는 존재입니다.

하지만 기댈 곳이 없을 때와
홀로 가야 할 때야말로
우리 안에 숨겨져 있는 놀라운 힘과 능력을 재발견하게 되는 순
간이기도 해요.

혼자라고 서러워 마세요.
산다는 건 원래 그런 거니까요.

보라야!
"리더는 늘 고독한 시간이 많을 수밖에 없단다.
아무도 없는 빈 강의실과 사무실에서 나는 울어야 할 때도 많았어.
너 또한 누구도 해결해 주지 못하는 문제에 부딪혀
혼자 가슴앓이를 해야 할 때도 많았겠지.

제4부
•
나만 아픈 줄 알았습니다

보라야!

혼자 있는 시간을 잘 활용하면

너는 그만큼 강해질 수 있단다.

기억해 둬!

마지막 한 걸음은 네가 디뎌야 한다는 걸…."

새 집
짓기!

집을 지어보셨나요?

집을 지을 때 맨 먼저 해야 할 게 뭘까요?

설계? 건축비 마련? 훌륭한 건축가?

아니에요.

집을 허물어 버리는 거죠.

거기서 '새 집 짓기'는 시작되는 겁니다.

많은 사람들은 자신을 새롭게 만들길 원합니다.

새로운 자신을 원한다면

제4부

·

나만 아픈 줄 알았습니다

먼저 지난날의 자신을 허물어야 합니다.

허물지 않고서는 새 집을 지을 수가 없으니까요.

새 집을 지을 때에 가장 힘든 일은

건축비도, 디자인도 아닌

바로 옛 건물을 허물고자 하는 결심입니다.

그리고 부수는 행동입니다.

보라야!

"다시 시작하고자 수없이 마음을 먹고, 또 먹곤 하지?

그러나 다시 어제와 똑같은 오늘이지?

그건 말이야, 어제 보라가 지은 집을 허물지 않고

마음만 먹었기 때문이지.

힘들어도 너를 허물 때에

비로소 예쁜 집이 지어지기 시작하는 거란다!"

사랑, 상처, 아픔
그리고 용서

누군가를 사랑한 만큼

그로부터 받은 상처와 아픔은 클 수밖에 없습니다.

사랑과 상처와 아픔 간에는 함수관계가 성립되는 것 같습니다.

사랑이 클수록

그로 인한 상처와 아픔의 곡선이 상승하기 때문입니다.

원래 모르는 사람으로부터는 상처를 받질 않습니다.

상처의 크기는 가까운 사람에게 받을수록 큰 법입니다.

가까운 사람에게 받은 상처일수록

아픔은 커지는 법이지요.

그래서 상처의 크기와 아픔의 크기가 클수록
용서의 시간은 느리게 다가옵니다.

나는 잘 모릅니다.
무엇을 어찌해야 그를 용서할 수 있는지…
나는 잘 모릅니다.
어떻게 해야 이 아픔의 고통이 줄어드는지….

그러나 한 가지 아는 것은 있습니다.
내가 누군가를 용서했는가를 확인하는 건
내가 그를 다시 사랑하는가를 살펴보면 압니다.
다른 말로 표현한다면
용서는 첫 사랑으로 돌아가는 것에서 이루어집니다.

누군가를 사랑했나요?
누군가로부터 상처를 받았나요?
누군가를 용서해야 할 일이 있나요?
용서의 리트머스 시험지는 바로
'내가 그를 다시 사랑하는가'를 확인해 보면 됩니다.
용서의 마지막은
처음의 사랑으로 돌아가는 것입니다.

지금 누군가에게 상처를 받고 헤어져 본 적이 있다면
눈을 감고 그를 다시 생각해 보세요.
그가 그리운가요?
그가 보고 싶은가요?
아름다웠던 순간들을 생각하면 눈가에 맺히는 게 있나요?
그렇다면 당신은 그를 용서한 것입니다.
용서는 그렇게 그가 그리워지면서 마무리 지어진답니다.

보라야!
"오랫동안 미움을 안고 산다는 건
지옥과 같은 경험이야.
비록 다시 상처를 받을지라도
또다시 용서하고 또다시 사랑을 해야 해.
신은 우리에게 서로 미워할 권리를 주지 않았어.
누군가를 용서했다면
그를 사랑해야 해.
너무 어려운 부탁을 했군.
너에게 미안한 밤이네."

또다시
아프기 싫어서…

나는 슬픔과 기쁨 중에

슬픈 순간을 잘 보관하려고 애쓰는 편입니다.

기쁜 순간만 기억하고 싶은 생각도 있었습니다.

그러나 다시 아프지 않으려고,

다시 울지 않으려고

슬픈 순간도 내 인생 메모리에 잘 저장되어 있습니다.

부여라는 곳! 참 슬픈 곳입니다.

백제의 멸망 이후 오랜 세월이 흐른 지금까지도

그렇게 찬란한 빛을 못 보고 있으니까요.
승전국 신라의 수도, 경주에 비한다면 말이죠.

그런데 부여에는 지금도 이상한 축제가 열린답니다.
다름 아닌 백제의 멸망을 기리는 축제입니다.
무슨 그런 축제가 다 있느냐며 이상하게 여겨질 겁니다.
하지만 나는 알 것 같아요.
멸망한 날을 기억하는 것은
아마도 다시는 아파하지 않기 위한 그들의 몸부림이라는 것
을….

일본은 우리에게 지난날은 잊자고 말합니다.
지난날은 흘려보내자고 합니다.
그러나 용서는 하되 잊어서는 안 되는 게
우리여야 하지 않을까요?

우린 기쁜 일들만을 생각하려 합니다.
하지만 이젠 잘 정리된 기억의 창고 하나를 만들어야겠습니다.
다시 아파하지 않기 위해서
다시 울지 않기 위해서
그 날을 잊지 말아야 해요.
물론 잘 정리된 기억으로요.

제4부
•
나만 아픈 줄 알았습니다

지난날 내가 당한 아픔과 슬픔을 다시 한 번 돌이켜 봅니다.
오늘 그 기억은 내게
다시는 같은 실수를 하지 않게 하는
참 좋은 선생님입니다.
아마도 이보다 더 좋은 선생님은 없을 겁니다.

보라야!
"얼마 전에
대수롭지 않은 일들이 쌓여서 큰 아픔을 겪은 것,
기억하고 있지?
그래. 그렇게 기억하고 있어야 해.
그때 네가 아팠던 이유는
사소한 일들을 가벼이 여겼기 때문이었지?
이제 고통도 슬픔도 다 지나갔지만
그때 그 원인만은 잘 간직해야 해.
장기를 둘 때에
의외로 '졸'이라는 녀석을 무시했다가
왕을 잃는 일이 종종 일어나듯
사소한 것들이 쌓여서 우리에게 큰 슬픔을 주곤 한다."

224
•
225

나와
닮은 볼락

나는 낚시광도 아니요,

낚시를 자주 하는 편도 아니요,

그리고 많이 해본 사람도 아닙니다.

다만 조용한 개울에서 바늘 없는 낚싯대를 던져놓고

그냥 있고 싶습니다.

낚싯대에 바늘을 단다면

또 거기서 나는 무언가를 얻기 위해 가슴을 졸일 것이고

그 가슴 졸임이 나의 쉼을 앗아갈 것이기 때문입니다.

그렇다고 강태공이 세월을 낚듯

멋진 생각을 가진 사람은 더더구나 아닙니다.

그렇게 그냥 낚시라는 핑계로 쉬고 싶은 사람입니다.

어느 분이 낚시를 하면서 이런 말씀을 하시는 걸

들었습니다.

볼락은 한 번 잡히면 대여섯 마리가 주렁주렁 걸려 올라오기도

한다는 말을 하면서

이렇게 덧붙이시더군요.

"볼락은 네가 물면 나도 문다는 성질이 있어요.

그래서 한꺼번에 대여섯 마리가 걸려 올라오기도 하지요."

오늘 우리가 사는 이 사회… 그리고 이 시대는

볼락과 같은 사람들만 사는 것 같습니다.

저 사람이 하면 나도 해야 하는 강한 질투심과 모방심…

그 사람이 사면 나도 사야 하는, 지지 않으려는 마음…

저 친구가 산 걸 즉시 따라 사야 마음이 풀리고 마는 성급함…

오늘 우리를 많이 불편하게 만들고,

아프게 하고,

힘들게 하고,

만족을 모르게 하는 것 같습니다.

나는 볼락인 것 같습니다.
당신은 어떤가요?

보라야!
"자신의 길을 가려 한다면
대단한 인내가 필요한 외로움을 각오해야 한단다.
옆 사람은 덜컥 물어대는데
나는 그걸 참고 기다리며
내 것이 올 때까지 기다려야 하니까 말이야.
옆 사람의 것을 참고는 하되
네 것으로 만들려고 하지는 마!
옆 사람의 성공이 너에게도 주어질 것이라는
막연한 기대도 버려!
옆 사람이 시대를 따라간다 해서
반드시 안 하면 안 된다는 강박증도 버려야 해!
그리고 무언가를 할 땐
잠시만 멈추어서 뒤를 돌아보고
다시 한 번 더 생각해 봐!
볼락은 잠시 멈추는 브레이크 장치가 없어서
그렇게 한꺼번에 걸려 올라온 거니까…."

상대방을
이해하길 원해?

카페에 앉아

잠시 남는 시간을 보낼 때가 자주 있습니다.

오래 전, 시간강사를 할 때부터

강의가 비는 중간 시간에는 커피를 한 잔 마시면서

다음 시간을 기다리는 게 습관이 되어서인 듯합니다.

제 딸 예은이라는 녀석이 그러더군요.

커피숍이라 부르는 아빠는 '구세대'라구요.

카페라고 해야 시대감에 맞는 것이더군요.

어쨌든 커피숍이든, 카페든 그곳에 가는 일들이 자주 있습니다.

그런데…
그곳에 앉아 있노라면
옆 테이블, 앞 테이블, 뒤쪽 테이블에서
두런두런 얘기하는 소리를 정확히 들을 수 있게 됩니다.
그 사람들 대부분의 대화 주제는
꼭 그 자리에 없는 누군가에 대한 이야기입니다.

어떤 사람은 직장에서 열심히 일하고 있는 남편을,
어떤 사람은 직장 상사나 동료를,
어떤 사람은 시어머니를,
어떤 학생들은 이성친구나 교수님들 이야기들을….
누군가가 자신에게 준 아픔이나,
자신에게 이해할 수 없는 일들을 한 누군가에 대한 뒷담화 등입니다.

그런가 봅니다.
사람이란
사람으로 인해 살고 사람으로 인해 죽으며
사람으로 인해 즐거워하고 사람으로 인해 괴로워하는
그런 존재인가 봅니다.

제4부
•
나만 아픈 줄 알았습니다

나는 자주 생각합니다.

이해할 수 없는 그 사람을 어떻게 이해시킬 것인가를 말입니다.

어쩌면 그렇게 답답한지 이해가 안 가는 사람 때문에

괴로워할 때도 많습니다.

하지만 내가 고민하고 아무리 설득하고 이해시키려 해도

그는 꿈쩍도 않습니다.

그 사람이 미워집니다.

그 사람이 싫어지고

그 사람과는 눈조차 마주치기 싫습니다.

어찌할까요?

어떻게 할까요?

왜 그렇게 그 사람은 바위 같은 마음일까요?

이제…

나는 방법을 바꾸어 보려고 합니다.

상대방의 손바닥을 뒤집어 손등을 보이게 하려는 일을 그만두려고 합니다.

내 손등을 뒤집어서 상대방의 손바닥과 마주치게 하려고 합니다.

그를 깨닫게 하려고 그토록 매달렸던 그 노력을

이젠 내가 나에게 그를 이해해 보라고 가르치고 있습니다.

오늘도 나는
그와 하이파이브를 하기 위해
내 손등을 뒤집는 연습을 합니다.

보라야!
"살아갈수록 이해할 수 없는 게 사람이란다.
네가 높아지고 위로 올라갈수록
더욱더 사람으로 인해 힘들어질 거야!
그런 때가 온다면 꼭 기억해 둬야 할 것이 있어.
모든 사람이 널 다 좋아할 거라거나,
너의 마음과 의도를 모두 공감하고 좋다 칭찬해 주는
그런 건 아예 꿈도 꾸지 마!
그런 건 없어!
정말 이해할 수 없는 이유로
너를 싫어하고 비방하고 욕하는 일도 많아질 테니까!
그럴수록
그 사람을 이해시키고 그 사람이 바뀌길 원한다면
더욱 힘들어지는 건 너 자신이란다.
사람?
그렇게 쉽게 변하지 않아.

사람은 다듬어져 갈 때쯤 관 속으로 들어가게 된단다.

그럼 어떻게 그 복잡한 인간관계를 풀어나갈까?

부단히 상대방을 이해하려고 너의 마음을 두드려야 해.

그러다 보면

갑자기 그 사람이 측은해지고,

갑자기 그 사람이 그럴 수밖에 없는 이유나 상황들을 깨닫게 되는
거지.

네가 커지면 그를 이해할 수 있는 거야!

수많은 민물들이 들어와도 바다가 자기 염도를 지켜내듯

너를 크게 하려면

모든 사람을 이해할 수 있도록 너를 단련시키고

너의 손등을 뒤집어서 그의 손바닥에 맞추도록 해야 해.

언젠가 그도 너를 참 좋은 사람으로 인정하게 될 것이고,

언젠가 너에게 예쁜 이모티콘으로,

그땐 미안했었다고 사과의 메시지가 올 거야!

어려운 숙제 하나가 더 늘었네?"

버려야 하는 걸
알면서도…

나는 오늘 밤에도

나를 버리지 못해서 괴로워합니다.

나를 버려야 내가 진정 많은 것을 얻는다는 것을 알면서도

나는 오늘도 나를 고집했습니다.

종교는 다르지만

참 많은 생각을 하게 해주는 말이 떠오르는 밤입니다.

불교 경전 『화엄경』에 나오는 말일 겁니다.

"나무는 꽃을 버려야 열매를 얻고,

물은 강을 버려야 바다를 만난다."

오늘 밤엔 자꾸 이 말이 떠오릅니다.
오늘 나는 내 고집과 내 경험과 내 주장으로
또 그렇게 하루를 살았습니다.
그래서 뒤돌아보니
아직 열매를 맺질 못하고 그렇게 또 하루를 흘려보냈습니다.
나를 버려야 더 큰 나를 얻을 수 있는 줄 알면서도
그게 왜 그토록 어려운지
나이가 들어가면서 처절하게 느껴지고 알게 됨은
열매 맺지 못한 내 인생을 돌아볼 나이가 되었다는 뜻이겠지요?

보라야!
"네 마음에 깊게도 뿌리박힌 그 바위를 뽑아버려.
빙산이 위로 드러난 부분보다 수면 아래에 더 크게 있듯,
너의 외면보다 내면에 깊게 박힌 그 아집이 있다면
그것을 버려야 해.
그것을 버리면
얻게 되는 것이 너무나 많단다.
꽃이 꽃으로 끝나서는 안 되겠지?
열매까지 가야 되지 않을까?

그걸 위해서는 버려야 할 것들이 너무 많아.

젊어서 버리지 못한다면

나처럼 바윗덩어리 같은 무거운 짐을 메고서 비척비척 걸어가게 되니까.

오늘 밤 무엇을 뽑아야 하는지

네 마음의 사진을 찍어보면 어떨까?"

제4부
•
나만 아픈 줄 알았습니다

아직…

KTX를 타보질 못했습니다.

먼 거리를 갈 때도

아직까지 자가용을 절대적으로 여깁니다.

바다를 건너야 한다면

어쩔 수 없이 비행기를 선택합니다.

언제쯤 KTX를 타볼지

그것은 아직 나도 모릅니다.

분주하게 이곳저곳을 돌아다니면서도

아직 그 엄청나게 빠른 기차를 탈 마음이 생기질 않습니다.

이유가 있겠죠?

고속열차의 스스로 높다 하는 그 모습이

너무 싫어서입니다.

작은 역…

간이역…

작은 마을…

작은 도시…

이 모든 것들을 외면하는 그 모습이

떠올랐습니다.

내 인생 여정에서

작은 것들과 사소한 것들 그리고 이름 없는 것들을 귀히 여기는

그런 삶을 살고 싶습니다.

그래서 괜히 고속열차에

오늘 우리 시대를 화풀이한 것 같네요.

아직도 나는 KTX를 탈 마음이 없습니다.

여전히 비둘기호와 통일호와 무궁화호의 귀중함을 아는 사람으

로 남고 싶어서입니다.

느리게 갈지라도

모든 것들을 돌아보며,

간혹 굽어지는 선로를 지날 때에

자신의 뒤쪽 꼬리와 흔적도 바라보며,

그렇게 달려가는 인생 기차를 타고 갈 생각입니다.

이제 다시 사소한 것들을 통해서

보라에게 줄 두 번째 이야기를 정리합니다.

밖에는

눈이 많이 쌓여 있습니다.

어제 온 눈은

딸이 앉아서 책 읽는 모습을 기대하며 만든

주인 없는 빨간색 그네 위에

덮여 있습니다.

오늘 밤은

눈 내리는 소리가 들리는 산골에

내 뜻과는 관계없이 고립되어서

며칠간의 휴식을 취하고 싶다는

꿈을 꾸어봅니다.

이 책을 통해서

편지로 만나는 새로운 친구가 한 명이라도 생기길

기도해 봅니다.

설화(雪花) 김종선

멘토와 함께 걷는 길

제1판 1쇄 발행 | 2016. 2. 5
제1판 2쇄 발행 | 2016. 3. 15

지은이 | 김종선
펴낸이 | 윤세민
펴낸곳 | 씽크뱅크

주소 | 121-887 서울특별시 마포구 월드컵로 47 (합정동), 2F
전화 | (02)3143-2660 팩스 | (02)3143-2667
E-mail | thinkbankb@naver.com
출판등록 | 2006년 11월 7일 제396-2006-79호

ISBN 978-89-92969-48-2 03810

＊책값은 뒤표지에 있습니다.
＊잘못 만들어진 책은 구입하신 곳에서 교환하여 드립니다.